士と幼妻　脩せんせいの純愛

秋山みち花

幻冬舎ルチル文庫

CONTENTS ✦目次✦

狼王と幼妻　脩せんせいの純愛

✦カバーデザイン＝吉野知栄（CoCo.design）
✦ブックデザイン＝まるか工房

イラスト・高星麻子✦

狼王と幼妻　脩せんせいの純愛

†

一面が緑に覆われた土地だった。

麦畑なら見慣れているけれど、ここの緑は少し様子が違う。土を盛った畝《うね》の代わりに畑全体に水が張られ、そこから真《ま》っ直《す》ぐ緑の葉が伸びている。

脩《しゅう》は物珍しさで、窓から見える景色にじっと目を凝《こ》らした。

白の小型車はゆっくりした速度で田舎道を走っている。父の運転でいつも乗っていた車に比べると、まるで玩具《おもちゃ》みたいなサイズでスピードも出ない。

道幅の狭い田舎道《いなかみち》は、真ん中が辛うじてアスファルト舗装されているだけだ。端は黒みを帯びた土が剝《む》き出《だ》しで、その向こうは柵《さく》や蓋《ふた》のない用水路。対向車があれば、いちいち車を停めなければすれ違えないほどだった。

そして右にも左にも、車が向かっている方向にも山々が迫っているので、ここの土地全体がなんだかせせこましい感じがした。

しばらくの間、流れの速い川沿いを走り、玩具みたいな車は山裾《やますそ》に広がる林の中へと入っていく。そうして朱色のゲートを横目に、細い坂道を登っていった。

右手には、等間隔で植えられた杉の木立とその根元を覆う笹《ささ》の藪《やぶ》、ところどころに濃い緑の苔《こけ》が生えた石段が見えている。

すっぽりと樹木に覆われた場所は薄暗く、まるでゲームの世界に迷い込んだかのようだ。

「脩くん、さあ、着いたよ。今日からここが君の家だ」

車が停まったのは、黒っぽい土が剝き出しの駐車スペースで、そばには奇妙な形に反った屋根と朱色の柱を持つ建物が建っていた。

「ここが、ぼくの、家？」

車から降りた脩は、落ち着かない気分であたりに視線を巡らせた。

林の中だからか、それとも半袖《はんそで》のシャツに紺色の半ズボンという格好をしているせいか、初夏だというのに、ひんやりとした空気がまといつく。

「さあ、案内しよう」

運転席から回り込んできた天杜直景《あまとなおかげ》は、ほっそりと痩《や》せ気味の体型で優しげな顔立ちをしている。

その直景に「大丈夫だよ、心配ないからね」と、ぎゅっと手を握られて、脩はちょっと恥ずかしくなった。それでも、素直に手を預けたままで歩き始める。

脩がこの長閑《のどか》な村へ来ることになったのは、両親を一度に亡くしたせいだ。両親の親友だったという直景は、独りぼっちになった脩を、わざわざアメリカまで迎えに来てくれた恩人だった。

目に映る景色、それに匂《にお》い、何もかもが今までとはまったく違う。ここには脩が知っていたものは何もない。けれども直景がいてくれるお陰か、極度の不安や寂しさは感じない。

脩の両親は、無残に身体《からだ》を抉《えぐ》られ、血溜《ちだ》まりの中で息を引き取った。

その光景がいまだに目に焼きついている。

でも、脩の胸にあったのは、悲しみというより悔しさだった。

だから、直景が迎えに来て抱きしめてくれた時も、涙はこぼさなかった。

脩はまだ六歳だが、両親の命を絶った者が、宿敵であることを知っている。

両親はその敵と戦って負けたのだ。

幼くとも、脩は群れの長《おさ》だった父の血を引いている。だから、悲嘆にくれたり感傷に浸ったりしている暇はないのだ。

自分は一刻も早く大人になって、両親を引き裂いた敵に復讐《ふくしゅう》しなければならない。

それが脩に課せられた使命だった。

「脩くん、こっちだよ」

紺色のポロシャツを着た直景は柔和な面《おもて》に笑みを浮かべ、建物へと続く石段を上っていく。

両親とそう変わりない年のはずなのに、ラフな格好をしているためか、直景はまるで大学生のように見えた。

「ここは教会……なの？」

あたりに視線を彷徨《さまよ》わせていた脩は、ぽつりと訊《たず》ねた。

西洋の教会とはずいぶん趣《おもむき》が違うけれど、ここが聖域であることは肌で感じる。

「まぁ、似たようなものだな。ここは天杜神社と言ってね。ものすごく昔から神様を祀《まつ》っているんだ」

直景はそう言いながら、重そうな板張りの引き戸を開けて、薄暗い中へと入っていく。

脩は黙ってあとをついていった。

その部屋は、なんだかがらんとした印象だった。脩もよく知っている畳マットが敷きつめられて、独特の匂いがある。木肌が剥き出しになった丸い柱や、天井に渡した梁《はり》には、ところどころ金色の装飾が留め付けてあった。

上に目を向けると、天井そのものもチェス盤のように黒い桟で仕切られ、ひと枠ごとに、目を剝いた怪物や鎌首をもたげた大蛇、牙《きば》を剝き出しにした虎《とら》などが描かれている。半裸で棍棒《こんぼう》を握り、ギョロリと目を剝いているのは「鬼」というこの国の怪物だ。「サタン」と違って尻尾《しっぽ》はない。

天井の画は、まるでこの部屋に入った者を脅しているかのようだが、脩はもう、そんな作り物に怯《おび》えたりはしない。

「脩くん、君に見せておきたいものがある。ちょっと待ってて」

直景は脩にそう断って、黒と金の細い桟で仕切られた折りたたみ式の扉を開けた。

中の装飾は煌《きら》びやかで、脩は目を瞠《みは》った。

驚いたのは、中に不思議なものが並べられていたからだ。

もちろん、マリア像やイエス様の像などではない。そこにあったのは、薄い木で作られた脚付きの四角い台だった。同じものが横に五つほど並べられ、上に野球のボールぐらいの大きさの丸い石が堆《うずたか》く積み上げてある。

「これ、何……?」

脩は興味を引かれ、何気なく手を伸ばした。

だが、直景にすっとその手を止められてしまう。

「触っちゃ駄目だよ、脩くん。これは霊珠《れいしゅ》というものだ。天杜神社では、千年以上前からこの霊珠を守ってきた」

「……レイ、シュ?」

聞き慣れない言葉に、脩は小さく首を傾《かし》げた。

直景はにっこりとした笑みとともに、脩の肩にぽんと手を置く。

「君のお父さんは、霊珠などなくとも狼《おおかみ》に変化《へんげ》できた。そうだよね?」

脩は、ひたと直景を見つめながら、力強く頷《うなず》いた。

もちろんだ。父さんは誰《だれ》よりも立派な狼だった。

直景は、脩の勢いに気圧《けお》されたかのように手を引く。そして、ほっとひとつ息をついて、再び口を開いた。

「ここ……天杜村にも、君たちと同じように獣《けもの》の本性《ほんせい》を持つ人々が大勢住んでいる。しかし、君や君のお父さんと違って、村の人たちはこの玉を介して《力》を得るんだ。だから、天杜村ではこの霊珠をすごく大切にしている」

「それじゃ、この村の人たちは、みんな弱いの？」

脩は何気なく問い返した。

こんな石の《力》を借りなければ自由に変化もできないとは、信じられない話だ。

「いや、強いとか弱いとかの問題ではなく、おそらく成り立ちが違うのだろうと思う。とにかく、ぼくもその辺はまだ研究中なんだ」

熱心な説明を聞きながら、脩は堆く積まれた奇妙な石にじっと目を凝らした。

中には宝石の原石のようにきれいに光っているものもあるが、ほとんどは、その辺に転がっている石ころを丸く削っただけといった印象だ。

こんなものが《力》の源になる？

だから、この変な石を守っている？

脩は子供らしくない仕草で、ゆるく首を振った。

変な場所――。

それ以外の感想は出てこない。

しかし保護者を失った脩は、恩人である直景だけを頼りとし、この村で生きていくしかない立場だ。

「大切なものなら、壊したりしないように注意するよ」

脩はぽつりと呟《つぶや》いて直景を見上げた。

「よろしくね、脩くん」

新しく保護者となった直景は、まるで青年のようにはにかんだ笑みを見せる。

そうして、脩の天杜村での日々が始まったのだ。

1

天杜村の集落は、村の入り口付近に固まっていた。

隣町から続く村道沿いに小規模なスーパーや電気店、薬局などの小売り商店が並び、村役場と診療所もこの一画にあった。

そして村で唯一の小学校も、この集落の外縁に位置していた。

天杜神社は村の最奥部。かなりの距離があるが、脩はこの古びた木造校舎の小学校まで、毎日走って通っていた。

新しく保護者となった直景は、車で送り迎えをするからと言ってくれた。でも、孤児となった自分を、直景は親戚《しんせき》でもないのに引き取ってくれたのだ。神社の仕事で忙しいのに、これ以上の負担はかけられない。

それに、人の足では大変な距離でも、脩には奥の手がある。

狼に変化して走っていけば、学校までほんのひと走りだ。

直景には、むやみと狼の姿になってはいけないと注意されていたのだが、背に腹は替えられない。

それで脩は、神社の境内を出たところでこっそり裸になって、着ていた服をランドセルに詰め、それから黒と銀色が混じったふさふさした被毛を持つ狼の姿に変化するということをくり返していた。ランドセルの肩掛けに首を突っ込めば、運ぶのも楽だし途中で落とす心配もない。

そうして脩は、毎日のように狼の姿となって、天杜川沿いの土手道を疾走していたのだ。村には脩と同じように、人間ではない本性を持つ者たちが大勢住んでいる。しかし、よそ者の脩が狼の姿で走り回っていても、咎《とが》める者は誰もいなかった。

奇妙な石に頼らなければ満足に《力》を使えない。そんな者たちに、群れを率いる王だった強い父の血を引く自分が、負けるはずはない。

村には脩よりもっと高位の存在の気配もしたが、彼らは脩がまだ幼いことを知ると、その後は何をしようがまったくの無関心、といった雰囲気だった。

小学校の校庭まではあっという間。脩は校庭の桜の木の陰で素早く人型へと戻った。

そこでランドセルから取り出した服を着ていると、何人かの学童が手を振りながら走ってくる。

「おおーい、脩。また神社から変化してきたのか?」

「おまえ、また狼になって、宮司さんに怒られても知らねーぞ」

駆け寄ってきた学童は五年生の一朗《いちろう》と、その弟で脩より一学年上になる二年生の二朗《じろう》、それと兄弟の隣に住んでいる三年生の花子《はなこ》の三人だった。

このうち獣の本性を持つのは二朗ひとりだけだ。あとのふたりはただの人間だが、この村では獣の本性を持つ者は珍しくもない。だから、互いに異なる存在であっても、違和感なく一緒に学んでいるのだ。

「直景は怒ったりしねぇよ」

脩はさらりと断定した。

天杜村に引き取られてきて半年以上が経《た》った。

最初にここへ来た頃《ころ》は、自分が育った環境とあまりにも違いすぎているので、脩はどこか冷めたふうに村の様子を眺めていた。

しかし、ここには特に警戒すべき敵がいない。そうわかってくるにつれ、村の生活にも慣れてきた。

両親を殺した敵に復讐するにも、まずは自分自身が早く大人になって《力》をつけなければならない。

脩はまだ七歳になったばかりだが、冷静に己の置かれた状況を判断していた。

「宮司さんのこと、呼び捨てかよ？　おまえ、神社の貰《もら》いっ子になったんだから、お父さんと呼んだほうがいいんじゃないか？」

声をかけてきたのは二朗だ。本性が兎《うさぎ》のせいか、学年が下の脩より身体が小さく、くるんとした目と、しょっちゅうピクピク動く耳を持っている。

脩が知っていた世界では、異種間で馴《な》れ合《あ》うことはなかった。だから、狼の自分に擦り寄ってくる二朗のことが、最初は信じられなかったほどだ。

「直景は俺《おれ》の保護者だけど、オヤジじゃないし」

「そういうとこ、すっげぇ生意気」

二朗は呆《あき》れたように顔をしかめる。

「二朗も脩も、とにかく教室へ行こう。授業が始まるよ」

「うん、兄ちゃん」

兄の一朗は穏やかな性格で、家が隣同士という花子は大人しくて目立たない女の子だ。

ふたりの人間と兎の二朗、そして狼の脩は、ぞろぞろと連れだって校舎に向かった。

天杜村はもともと人口が少ないうえ、都会へ出ていく者も多い。小学校に通う児童はたったの二十五人しかいないので、授業は低学年と高学年に振り分けて行われていた。

「そういえば、花子ん家《ち》、そろそろ生まれるんじゃないか？」

一朗がふと思い出したように問い、花子はこくんと首を縦に振る。

「今夜あたりだろうって、祖母《ばあ》ちゃんが言ってた」

「そうかぁ。だったら、いよいよ花子も命名者になるんだな？」

「うん、祖母ちゃんはもう、ずーっと前から霊珠を貰ってきて、神棚に置いてるんだ」

「狸の子が増えてもなぁ」

一朗と花子の会話に割り込んだのは、鼻をくしゃりとさせた二朗だった。

脩には今ひとつ、話の内容がつかめない。

「なぁ、霊珠使うって、どういうこと？　命名者って、何？」

疑問を口に出したとたん、呆れたような六つの瞳がいっせいに、突き刺さってくる。

さすがの脩もちょっと怯んで、一歩後退した。

「な、なんだよ……」

「脩はよそから来た子だから、知らなくても仕方ないよ」

花子が庇うように言い、ふうっとため息をついた一朗が、あとの言葉を続ける。

「この村では、獣の本性を持つ者が生まれる時、霊珠を使って名前を付けるんだ。名付け親になれるのは純粋な人間で、二朗の命名者はぼくだよ。でもね、命名者と名付け子の関係は一生続くから、花子が最後のひとりかもしれない」

「最後のひとりって何？」

よく意味がわからなくて、脩は首を傾げた。

「違うよ。私が最後じゃない。まだ、九条《くじょう》家の皐織《さおり》様がいるもん」

「馬鹿《ばか》。皐織様なんて数の内に入るかよ。九条家の人たちは、俺ら平民とは違う。雲の上の存在だろ」

不満げに口を尖《とが》らせたのは二朗だ。

一朗が二朗の命名者なら、三歳の時に名前を付けたことになる。

そんな馬鹿げた習慣に、いったいどういう意味がある？

脩はもう少しわかるように説明しろと言ってやりたかったが、その時ちょうど授業の開始を知らせるチャイムが鳴った。

そして、午後の授業中、花子の家で赤ん坊が生まれたと知らせがあり、結局、脩の疑問は何も解決されないままで終わってしまったのだ。

†

脩が「九条家」という名に再び遭遇したのは、次の日曜日のことだった。

「脩、九条の殿様が久しぶりに東京から戻られた。ご挨拶《あいさつ》に行くから、きちんとした格好に着替えなさい」

白の斎服を着た直景からそう命じられ、脩はすかさず問い返した。

「殿様って誰？」

直景は整った顔にやわらかな笑みを浮かべながら、洗い立てのシャツを脩に差し出す。

「わかりやすく言えば、天杜村の支配者だ」

「じゃ、ここの王様ってこと？」

思わず訊ね返すと、直景は深く頷く。

「ああ、そうだよ。この村には、秘密を知らない普通の人間も出入りするからね。九条家は天杜村の元庄屋。対外的にはそういうことになっているけれど、九条家のご当主は、この村を治める王様と言っていい」

脩はなんとなく反撥《はんぱつ》を覚え、目つきを鋭くした。

いきなり王様とか言われても、そんな者に従いたくはない。

自分にだって、狼王だった亡き父の血が流れているのだ。

それに命名者がどうのという話をした時、二朗の様子もどことなくおかしかった。

しかし直景は、ぶすりとした脩には気づかず、支度を急がせる。

脩は仕方なくエンブレム付きの紺色スーツに着替え、直景の玩具みたいな車に乗り込んだ。

天杜村は四方を高い山々で囲まれた盆地だった。その一番奥にある神社から、村の中央部にある九条家の屋敷まで、車を使えばほんの十五分といった距離。

狼の姿で駆け抜けるいつもの通学路からは少し外れているので、屋敷を見るのは初めてだ。

白塗りの塀には黒瓦《くろがわら》が載っており、分厚い木の門扉《もんぴ》がぴったり閉ざされている。何者をも寄せ付けないといった雰囲気は、以前、写真で見せたもらった母の実家とよく似ていた。

最初に見た時の天杜神社と同じで、外国育ちの脩にはまったく馴染《なじ》めないものだ。

直景は門前でいったん車を降り、通用門に取り付けられた呼び鈴を押す。

しばらくすると中から使用人らしき者が現れ、重そうな木の扉が開けられた。

前庭まで車を乗り入れた直景は、脩と一緒に重厚な玄関に進んだが、ちらりと様子を窺《うかが》うと、ずいぶん緊張しているように見えた。

「宮司殿、殿様は奥の座敷でお待ちになっておられます」

案内に立ったのは、クラシックな黒のスーツを着た厳《いか》めしい顔つきの初老の男だった。獣の本性は持っておらず、ただの人間だが、直景と自分を見下しているかのように尊大な態度だ。

むっとした脩は、序列というものを突きつけてやりたくてウズウズしたが、急に暴れては養父の立場を悪くする。

両親を一度に殺された脩は、否応《いやおう》なく大人になるしかなかった。それゆえに脩は、七歳という年齢の子供とは思えぬほど、冷静に物事を見抜く目も持っていたのだ。

ピカピカに磨き抜かれた廊下を、直景とともに進む。

屋敷は静まり返っており、庭の立木で小鳥が囀《さえ》り始めると、それがやけに大きく響いた。

年配の使用人は、黒光りする廊下にきちんと正座して、恐る恐るといった感じで、障子戸の中へと声をかける。

「失礼いたします。天杜神社の宮司と、その養い子を連れてまいりました」

中から「入れ」と答えがあり、使用人がすーっと音を立てずに障子戸を開ける。

直景とともに廊下で正座していた脩は、ちらりと中の様子を窺った。

その瞬間、全身の産毛《うぶげ》が逆立ち、背筋がざわっと凍りつく。

脩はとっさに身構えた。

中にいたのは虎だった。今まで完全に気配を断っていたようで、不覚にも、ここに虎がいると気づかなかった。

敵は強大な相手。それでも尻尾を巻いて逃げる気はない。

自分だって狼王の子だ。相手が虎や獅子《しし》であろうと、後れを取るつもりはない。

だが、どんなに気負おうと、大人になりきっていない今の自分では、この高位の存在に太刀打《たちう》ちできないのも事実だった。

脩は警戒態勢を保ったまま、心臓が早鐘を打つのを懸命に静めた。

直景は膝《ひざ》を進めて座敷の中に入り、脩も仕方なくそれに従う。

天杜神社の奥の山を描いたらしい墨画の掛け軸が掛かった床の間。それを背に、五十代になるかならないかといった年齢の和服姿の男が座していた。

彫りの深い端整な面には、秘めたる荒々しさも同居している。聡《さと》い者ほど、見つめられた瞬間、射すくめられたように動けなくなる。男が持つ力と威厳は圧倒的だった。

「私が養い子としました、葛城《かつらぎ》脩でございます」

直景がそう声をかけても、目の前の男は黙って端座したままだ。

「脩、ご挨拶しなさい」

直景にそう促されて、脩はぎこちなく頭を下げた。

すると、ようやく男が口を開く。

「葛城の末か……異国の狼と交わるなど、葛城も落ちたものだ」

明らかな侮蔑《ぶべつ》を含んだ言葉に、脩は思わず男を睨《にら》みつけた。

葛城は母の実家の姓だ。日本ではずいぶん由緒のある家系なのだと聞いていた。なのに、こんな侮辱を受けるいわれはない。

それに男が言った異国の狼とは、脩が尊敬する父のことだ。父は敵に負けたが、北米で狼の一族を統《す》べる王だった。

だから、こんな男に馬鹿にされる理由は何もない。

「この私を、本性が虎であると知っても、恐れぬか……。ずいぶんと生意気な小僧だ」

脩に対する言葉はそれだけだった。

男は端整な面を静かに直景に向ける。

「事情は聞いた。だが、表立って許すわけにはいかん」

「この子には他に係累がおりません！」

思わずといった感じで言い募った直景を、男はすっと手を出して黙らせた。

「葛城はどうしたのだ？　それの母親は葛城だろう」

「はあ……、葛城には事情を知らせました。しかし、母親はもうずいぶん前に葛城を出たとのことで、今はもうなんの関係もないと言われてしまい……」

　直景の返答は歯切れが悪い。

　母が実家の者と連絡を絶っていたのは、脩も知っている。だから、母方の祖父母には一度も会ったことがなかった。

「ふん、葛城とて、厄介者《やっかいもの》を抱え込むのは面倒なのだろう」

　男の言葉に、脩はきゅっと唇を噛《か》みしめた。

　本当は、今すぐここを立ち去りたかった。父や母を侮辱する男の話など、これ以上聞いてはいられない。それでも直景の立場を思いやり、じっと我慢した。

　脩は必死に睨んでいたが、男はもう視線を合わせようともしない。

「どうか、お願いでございます。脩を手元に置くことをお許しください」

「宮司がそれほどに言うならば仕方ない。見て見ぬ振りはしてやろう。だが、その者はしかと管理下におけ。勝手はさせるな。それが条件だ」

　男の圧した声に、直景はすぐさま畳に両手をついた。

「脩も、ちゃんと御礼を言いなさい」

　小声で注意され、脩も大人しく頭を下げる。だが、口で礼を言うつもりはなかった。

「ところで、二、三日前に、東峰《とうみね》で新しく子が生まれたそうだな」

　男はふいに話題を変える。

脩はぴくりと聞き耳を立てた。

「はい、これで天杜村には、命名者となれる者がいなくなりました」

直景は小さくため息をつくように報告する。

脩は、花子から聞いた言葉を思い出し、僅《わず》かに首を傾げた。

皐織様がいる――。

あの話は、どうなったのだろう?

しかし脩は、この場でそれを問い質《ただ》すような愚直な真似《まね》はしない。

そして男のほうも、それきりで口を噤《つぐ》む。

返事がないのは、話をこれで打ち切るという合図だったのだろう。

「それでは、これで失礼いたします。お忙しいなか、お時間をいただきまして、ありがとうございました」

直景はもう一度畳に両手をついて深く頭を下げた。

そして、男の答えを待つこともなく、脩を促して座敷から退出したのだ。

†

九条家からの帰り道で、脩は疑問に思ったことを直景に問い質した。

「ねえ、あのおっさん、すごく偉そうだったね」

「脩、九条の殿様のことを、そんなふうに言ってはいけないよ」

やんわり注意されたが、脩は謝らなかった。

「でさ、メイメイシャって何？　花子は自分が最後じゃない。サオリ様がいるとか言ってたけど？」

ハンドルを握る直景は、ほうっと息をついた。

「そうか、花子ちゃんから聞いたのか」

「でも、メイメイシャってなんのことだか、俺にはさっぱりわからない。赤ん坊の名前をつけるだけなのに、なんでみんな、そんなに心配そうな顔してんの？」

脩の印象では、皆そうだった。

村に命名者になれる者がいなくなる。皆で、そのことを極度に恐れているのは何故《なぜ》なのか、脩にはさっぱりわからなかった。

「脩がこの村に来た時、霊珠を見せただろう？　命名者はあの霊珠を手にして、生まれた子供に名前をつける」

「レイシュって、あの石ころのことだろ？」

にべもない言い方に、直景は再びため息をつく。

だが、そのあと気を取り直したように説明を始めた。

「前にも話したと思うけど、天杜村で獣の本性を持つ者は、霊珠を介して《力》を得る。しかし、霊珠はどれでもいいというわけじゃないし、霊珠を持っているだけで《力》を得られるわけでもない。天杜村では、獣の本性を持つ子が生まれてくるとわかった時点で、その子の名付け親となる者を選び、それから、宮司である私が、ふたりに相応《ふさわ》しい霊珠を選ぶことになっている。そして赤ん坊が生まれた時、命名者はその霊珠を使って名付けの儀式を行う。霊珠が本来の機能を発揮し始めるのは、そのあとだ。命名者が何気なく発する《気》を取り込み、それを《力》に変えて名付け子に送る。霊珠は、いわば変換器みたいな役割を果たしているんだ。話、難しすぎたかな？」

途中でそう確認され、脩は首を左右に振った。

「メイメイシャがレイシュのスイッチを入れるってことでしょ？」

脩がぶっきらぼうに言うと、直景はくすりと忍び笑いを漏《も》らす。

「脩はさすがだね。それはすごくいい例えだよ。とにかく、霊珠を介して、命名者と名付け子の関係は特別なものとなり、それはずっと半永久的に続くことになるんだ。命名者と名付け子の関係を結べるのは一生に一度。よほど特殊なことでもない限り、命名者が複数の名付け子を持つことはない。だからね、獣の本性を持つ者にとって、命名者は本当に大切な存在になるんだ」

直景の話で理屈はなんとなくわかったが、脩は違和感を覚えずにはいられなかった。

脩が知る者たちは、霊珠だの名付けの儀式だのを必要としない。脩自身も、そうと望めばいくらでも生まれながらに持つ《力》が使える。

「なんか、色々と不便だね」

「そうか、不便か……」

「でも、メイメイシャがいなくなるって、どういうこと？」

「ここは特殊な村だからね。秘密を守るために、他から人間が入ってくるのを拒んできた。その逆で、この村から出ていく者は多い。脩にもわかりやすいように言うと、命名者になれる人間が極端に少なくなってしまったということだ。ま、獣の本性を持つ子が生まれてくる機会も少なくなっているから、今まではなんとかバランスが取れていたんだけれど……」

車はすでに神社の参道を迂回《うかい》する道を走っていた。

それで脩は、もうひとつの疑問を口にした。

「だけどさ、サオリ様って誰のこと？」

「ああ、皐織様か。……脩がさっきご挨拶した殿様の、末のお子さんだ。確か、脩より三つぐらい下だったかな」

「花子が言ってた。自分が最後じゃない。サオリ様がいるって。でもさ、そいつって、ただの人間？　虎の子供なのに？」

何気なく問い返すと、直景は珍しく厳しい顔つきになる。

「脩、ただの人間とか、そういう言い方をするのはよくない。どこの家系でも、生まれてくる子が全員、本性を継いでいるとは限らないのだから」

「ご、ごめんなさい」

脩は素直に謝った。

ただの人間――それは、本性を持たぬ者を見下しているような言い方だった。それに、目の前にいる直景だって、ごく普通の人間だ。

しゅんとしていると、直景はすぐに表情をやわらげる。

「とにかく、殿様も認めてくださったのだから、これで脩は、完全に天杜村の子供だ」

「うん……」

脩は曖昧《あいまい》に頷いた。

自分には両親の敵《かたき》を討つという使命がある。

天杜村は、強い《力》を持てるようになるまでの仮の居場所。できるだけ早く《力》を蓄え、この村から出ていく。

脩はそう決意していたが、そのことを口にすると、親身になってくれる直景を悲しませるような気がしたのだ。

神社の裏手に到着し、脩は車から降りた。

とたんに、むせかえるような樹木の匂いがしてくる。

緑の匂いだけじゃない。他にもただの人間の匂いや、獣の匂いも混じっている。

その空気を、脩は胸いっぱいに吸い込んだ。

†

「よし、虎がいなくなったぞ」

脩がぽつりと呟いたのは、三日後のことだった。

小学校では、皆が花子の家で生まれた子供の話題で盛り上がっていた。よそ者の脩にはついていけない話だ。

そんななかで、脩がもっとも気になっていたのは、虎の気配だった。

九条家の当主は、普段は東京の屋敷で暮らしている。天杜村に帰ってくるのは、年間を通じてもほんの数日だと直景から聞いた。

だから、もう天杜村を引き揚げたのだろう。

その日の放課後、脩はさっそく九条家の様子を探りに出かけた。

九条の屋敷は、いわば敵陣も同じ。いざという時のために、様子を知っておくのは大事なことだ。

「じゃあな、脩。また明日」

「さよなら、脩」

一朗、二朗の兄弟と別れの挨拶を交わした脩は、校庭の隅で全裸になって黒のランドセルに服を仕舞い、そのあとするりと狼に変化した。

出現したのは銀色のふさふさした毛並みを持つ優美な獣だ。今はまだ《力》が弱く、体軀《たいく》もさほど巨大ではない。だが、脩の狼姿は、すでに大型犬ほどはあった。

ランドセルを口に咥《くわ》えた脩は、天杜神社へと疾走し始めた。

しかし、今日は途中で方向を変える。脩が向かったのは九条の屋敷だった。

豪壮な表門はぴたりと閉ざされているが、意外なことに黒瓦を載せた白壁は、屋敷の三方を囲んでいるだけで、何故か裏手はただの垣根になっていた。

意図的に塀なしの景観を維持するためなのか、あるいは、獣の本性を保ったままで屋敷に出入りするのを簡単にするためか……。

いずれにしても、窺ってみた屋内には、他の獣の気配はなかった。

脩はくんと狼の鼻先をうごめかした。

今屋敷内にいるのは数人の人間だけだ。他に警戒すべき者はいない。

脩はもう少し詳しく様子を知ろうと、咥えていたランドセルを口から離し、そのあと垣根をひらりと跳び越えて広大な庭に侵入した。

手入れの行き届いた花壇があって、色々な種類の花が咲き誇っている。花の名前など大して興味もない脩には、どうでもいいことだったが、甘い匂いは悪くない。

それに、花に混じって、何か他のいい匂いも感じる。

不思議に気持ちが落ち着く匂いだ。

それで脩は、そうっとその匂いの下《もと》に肢《あし》を進めた。

縁側に小さな子供が座っている。脩は、子供を驚かさないようにじっとしていた。見つかって泣かれでもしたら困ってしまう。

人型に戻ったとしても、服を入れたランドセルは垣根の向こうだ。

だが、脩が息を潜めていたにもかかわらず、人間の子供がふいにこちらを見る。

「あ、おおかみ……」

「!」

ぽつりと放たれた言葉に、脩は息をのんだ。

心臓がドキンと大きく跳ね上がる。

今にも泣き出すかもしれない。脩はそう思ったが、意外にも子供はにこっと笑った。

その笑顔を見た瞬間、脩の心臓はさらに大きな音を立てた。

まだ三歳、いや、四歳ぐらいの幼児だ。

が、あまりの可愛らしさに、狼の口をあんぐりと開けてしまう。

女の子だろうか。華やかな花模様が入った赤い着物を着ていた。髪は薄い色で肩に被《かぶ》るぐらい伸ばしている。肌は白くすべすべで、頬《ほお》がほんのり薄赤く染まっていた。日本人の子供にしては、虹彩の薄い双眸《そうぼう》で、じっと脩を見つめてくる。

その子供がにっこり微笑《ほほえ》んでいるのが信じられなかった。

「お、俺……なんにも、しないからな……っ」

脩は慌てて言い訳した。

しかし、すぐさまそれを後悔する。天杜村がいくら特殊だといっても、こんな小さな子は、狼がいきなり口をきいたりしたら驚くだろう。

けれども、その女の子は少しも怯えた様子を見せず、むしろ興味津々といった様子で両手を伸ばしてくる。

「おおかみさん」

まるでこっちに来いと言われているようで、脩はなんの警戒もなく自然と歩を進めた。

近くまで行くと、女の子はさらに機嫌がよさそうに、ふんわりと笑みを深める。そして濡《ぬ》れ縁《えん》に両手をついて立ち上がり、ちょこちょこと歩き始めた。

脩にもっと近づいてこようとしているのだ。

でも、女の子の足取りはいかにも危なっかしい。濡れ縁から落ちそうになったのを見て、脩はとっさに距離を詰めた。

「危ない！」

小さな身体が転落しないように、一気に濡れ縁まで駆け寄って防波堤の役目を果たす。すると女の子は、その場にぺたんと座り込んで、両手を伸ばしてきた。

「おおかみさん」

ふさふさの毛を両手でぎゅっとつかまれ、脩は進退窮《きわ》まった。

これでは、逃げるに逃げられない。

女の子は狼を怖がるどころか、脩の首筋に顔まで埋めてくる。

なんなんだ、こいつは……。

なんなんだ、これ……？

しがみついている子供は完全に人間だった。獣の本性は持っていない。なのに、狼の姿を見ても、恐がりもしない。

これは脩にとって、大きなショックだった。狼としての沽券《こけん》に関わる問題でもある。

序列ははっきりさせておくに限る。

そんな考えが脳裏をかすめた瞬間、脩はガウッと咆吼《ほうこう》を放った。

咬《か》みつくぞとばかりに、裂けた口を大きく開ける。

「あ、うっ！」

女の子はびくんと固まった。ぎゅっと目を瞑《つむ》り、ぶるっと震える。

もちろん本気じゃない。脩は己の失態に、内心で激しく後悔した。

ここで大泣きされては、こっそり忍び込んだことがバレて大事になるかもしれない。

だから、今度は慌てて女の子を宥《なだ》めにかかった。

「泣くな！　咬みついたりしないから」

「な、な、ないてなんか、ないもん」

女の子は勇敢に言い返してきた。

けれども、目尻《めじり》には涙の粒が盛り上がっている。

こんなに困った事態に陥ったのは生まれて初めてだ。

慌てた脩は本能の命ずるまま、長い舌で衝動的に涙の粒を舐《な》め取った。右の目尻を舐めたあと、左にも同じようにぺろりと舌を這《は》わせる。

「あ……」

女の子はびっくりしたように目を見開き、固まっている。

しまった。泣いてしまうかな。

脩はそう思ったが、女の子はそのあと、ふわりと微笑んだ。

「お、俺は……脩だ」

脩はほっとしながら、名乗りを上げた。

「……しゅう？」

「ああ、脩だ。おまえは？」

「ぼ、ぼくは、さおり」

「えっ？　ぼく？」

脩は聞き間違いかと、首を傾げた。

「うん、ぼくは、くじょうさおり」

女の子はそう言って、ほんのりと頬を染める。

怖い思いをしたばかりなのに、全然気にしていない様子に、脩は素直に感心した。

しかし、問題はそんなことじゃない。

「おまえ、なんで、ぼくとか言うんだ？　女の子はそんな言い方しないんだぞ。せっかく可愛い格好してるのに」

「だって、ぼく……」

皐織と名乗った子供は困ったように首を傾げる。

その仕草がまたいちだんと可愛らしく、脩は何故かそわそわした。

けれども今のやり取りで、よけいに頭が混乱する。

もしかして、この子は女の子じゃないのか？

脳裏を掠《かす》めたのは、そんな疑問だった。

「おまえ……もしかして、男の子？」

脩が聞くと、皐織はこくんと頷く。

「嘘だ……そんなぁ……」

脩はもたらされた事実に、呆然《ぼうぜん》となった。

男の子なら、どうしてそんな紛らわしい赤い着物なんか着てるんだ？

そう責め立てようと思った時、家の奥から女の声が響いてくる。

「皐織様？　どちらですか？　皐織様？」

どうやら屋敷の者が皐織を捜しているらしい。

「ぼくはここにいるよ？」

皐織は声の主を安心させるように言った。

見つかるとまずいだろう。そう思った脩は、素早く体《たい》を返した。

すると驚いたことに、皐織が悲しげな声を上げる。

「やだ。おおかみさん、もうかえっちゃうの？」

くるりと振り向いた脩は、皐織が本気で泣きそうになっているのを見て、またしても胸の奥がざわめくのを覚えた。

「また来てやるから」

偉そうに言ったのに、皐織は嬉《うれ》しげに口元を綻《ほころ》ばせる。

「ほんと？　じゃ、あしたもくる？」

ずいぶんずうずうしいやつだなと思ったが、悪い気はしない。

「ああ、明日も来てやるよ」

「ありがと、おおかみさん」

「俺の名前は脩だ」

「しゅう……」

小さな皐織が確認するように言ったのを最後に、脩は、さっと庭から駆け出した。

垣根を越え、ランドセルを咥えて神社を目指す時も、何故かずっと高揚した気分が続いていた。

2

「九条の屋敷にいる皐織って子、男の子だったんだな」

脩がそう打ち明けたのは、夕飯の時だった。

直景は独身で、神社の仕事が終わると、自ら食事を作ってくれる。

豆腐やら、山菜やら芋の煮たのやらがよく食卓に出てきて閉口だし、味付けのほうも今ひとつだと思う。本当は母が作ってくれたハンバーグとかステーキが懐かしかった。

それでも脩は、文句を言わずになんでも食べた。

直景と脩が起居しているのは、社務所の裏に建てられた独立した家屋だ。

一階は畳敷きの居間、それに狭いキッチンと、風呂とトイレだけ。二階にふた部屋あって、脩はそのひとつを自室として使っていた。

「脩、皐織様に会ったのか？」

座卓を挟んで向かい合った直景は、里芋と一緒に煮た油揚げを箸《はし》で口へと運びながら、訊ね返してくる。

「今日の放課後、屋敷のそばをとおりかかったから」

脩は悪びれもせずに報告した。

一瞬、怒られるかなと思ったが、直景は柔和な顔に笑みを浮かべているだけだ。そして、油揚げを口に放り込み、何度か咀嚼《そしゃく》して、のみ込む。

「皐織様はほんとに可愛いからな……でも、ちゃんと男の子だよ？」

「だったら、なんであんな赤い着物を着てるんだよ？」

脩は怒ったように訊ね返した。

「赤い着物？　ああ、そうか。それで脩は間違えたんだな？」

指摘された脩は、思わず頬を膨らませた。

「だって、男があんな着物着てるって、思わないだろ。九条の家って、お金持ちなんだろ？　なのに、どうして……」

「それはね、魔除《まよ》けと同じなんだ。小さい頃は、女の子の着物を着せていたほうが丈夫に育つって……この村では、まだそういう風習が残っている」

「ふーん」

脩は生返事をしながら、皐織の可愛らしい着物姿を思い出していた。

あんなに可愛くて男の子だなんて、詐欺だぞ。

皐織が男の子だと知って、ひどくがっかりしたことも思い出す。

「あれ、そういえば、皐織って、あの虎の子供なんだよな？」

「虎って殿様のことか……まあ、そうだな。上にふたりお兄さんがいるけれど、どちらも九条様の血を引いて、本性は虎だ」

「だけど、皐織は人間だろ？」

「ああ、皐織様は普通の人間だよ」

「それで、命名者になれる最後のひとりだって……」

「しかし、皐織様を命名者とする方は、もう決まっている」

直景は何故か重々しくそう教える。

脩は、訳がわからず、首を傾げた。

「また、どっかで赤ん坊が生まれるの？」

「いや、そうじゃない。この前は、命名者は一生にひとりだけというのが普通だと説明したけれど、例外もあるんだよ。皐織様は、いずれ、ご長男の諸仁《もろひと》様の命名者となることが決まっている」

「お兄さんの？」

「諸仁様の命名者はもう八十を過ぎていてね、だから、その人が亡くなったあと、命名者の跡を継ぐことになっている」

「もう、わけわかんないな」

脩は理解する努力を放棄した。

そもそも獣の姿に変化したり、人型に戻ったりするのは、ごく自然にできることだろう。

脩にとっては息を吸うのと同じぐらいに簡単なことだ。

しかし、天杜村の住人は、違うやり方でしか変化ができないという。

「まあ、脩がそう言うのも仕方ないな。とにかく、皐織様はきっと寂しい思いをしておられるはずだ。今はご家族全員が東京で、あのお屋敷には皐織様おひとりしかおられない。だから、脩。またお屋敷に行く機会があったら、皐織様に優しくしてあげるんだよ？」

「うん、わかった！」

直景の言葉に、脩は勢い込んで返事をした。

今日はこっそり様子を窺いにいっただけだが、直景は別に怒っていない。

だから、今後は堂々と皐織に会いにいけると、単純に嬉しかったのだ。

†

翌日のこと、脩はさっそく九条家の屋敷に向かった。

最初は堂々と表門で皐織を呼んでもらうつもりだったが、大人と色々話をするのはけっこう面倒だ。

それで脩は結局、裏庭へと回った。

でも、今日はなんとなく人間の姿を皐織に見せたいと思い、垣根を越えたところで変化を解き、ランドセルから服を取り出してそそくさと着替える。

それから、改めて皐織に声をかけた。

「おい、皐織。いないのか？　俺だ。脩だ」

奥の部屋に向かって呼びかけると、すぐにパタパタと小さな足音が聞こえてくる。

「あっ、おおかみさん！」

皐織はそう叫んだかと思うと、裸足《はだし》のまま庭まで駆け下りてきた。

人間の姿を見せるのは初めてだったのに、どんと勢いよく抱きつかれ、脩のほうが慌ててしまう。

「お、おい……おまえ、裸足のままだぞ」

「おおかみさん、きてくれた」

皐織はそう言って、ぎゅっとしがみついてくる。

それと同時に、なんだかとてもいい匂いが鼻先を掠め、脩はうっとりとした。

「皐織、おまえ、寂しかったのか？」

やわらかくて温かなものを抱きしめているのも気持ちがいい。

必死にしがみついている皐織を離したくない。このままずっと抱きしめていたい。

唐突にそんな衝動にまで駆られてしまう。

ややあってから、脩は腕の力をゆるめた。しかし、皐織が裸足だったことを思い出し、もう一度、よいしょと抱っこする。そして濡れ縁まで運んでそこに座らせた。

「おおかみさん」

満足そうににっこり笑った皐織はピンクの着物を着ている。素足が泥《どろ》で汚れてしまったのではないかと思い、脩は半ズボンのポケットを探った。

くしゃくしゃになったハンカチを取り出し、皐織の小さな足を持って泥を拭《ぬぐ》ってやる。

「ありがと、おおかみさん」

「おまえな、俺は確かに狼だけど、脩っていうんだ。昨日、教えただろ？　狼さんじゃなくて、脩お兄ちゃんって呼べよ」

「おおかみの、しゅう、おにいちゃん……？」

皐織がそう言うのを聞いて、脩は脱力しそうだった。

せっかく人間の姿を見せてやったのに、皐織のなかでは脩が狼だという認識のほうが強いようだ。

でも脩はなんとなく満ち足りた気分だった。

皐織は一瞬たりとも離れたくないという感じで、小さな身体を押しつけてくる。

脩はひとりっ子だったし、北米に住んでいた頃は、素性を覚《さと》られないように、ひたすら大人しくしていた。同じ年頃の子供たちと遊ぶ時も、どこかで一線を引いて、自分をさらけ出すことなどなかったのだ。

その点、この天杜村はのんびりと自然にしていられていい。皐織だって、普通の人間なのに、ちっとも自分を怖がらない。

「皐織、おまえ、可愛いな。男の子だなんて信じられないぜ」

「ん？　さおりはおとこのこだよ？」

「ああ、だから残念なんだって」

「ざんねん？」

きょとんとしたように訊《き》き返されて、脩は答えに詰まった。

どうして残念に思うのか、自分でも説明がつかなかったのだ。

脩はごまかすように、皐織の頭を撫《な》でてやった。すると皐織がもじもじと何か言いたそうな素振りを見せる。

「なんだ？　何か言いたいことがあるのか？」

そう促してやると、皐織の表情がぱっと明るくなる。

「おおかみさん、もふもふしたい」

「なんだと？」

期待に目を輝かせている皐織に、脩は顔をしかめた。

結局、皐織は狼のほうがお気に入りということなのだろう。

なんだよ、せっかく人間の姿を見せてやったのに――。

脩はそう思いつつも、すぐに変化を始めた。

心にそうと念じるだけで、身体中の細胞が急速に活性化する。細胞は一度ばらばらになり、それから再び繋がり始める。そのメカニズムにはなんのコントロールもいらない。おそらく脩の身体を流れる血の中に、最初から正しい情報が組み込まれているのだろう。

銀と黒の被毛が美しい狼に変化すると、皐織が嬉しげな顔を見せる。

そして小さな両手を伸ばし、首筋にしがみついてきた。

「おおかみさん、もふもふ……」

皐織は嬉しげに言いながら、頬を擦り寄せてくる。

首筋にすりすりされて、脩はどうしていいかわからなくなった。

皐織の身体からは甘い匂いがしてくる。

できれば皐織を廊下に転がして、全身舐め回してやりたかった。でも脩は必死にその欲求を堪《こら》え、皐織がもっと触りやすくなるように、行儀よく前肢を揃《そろ》えて身を伏せた。

「もふもふ、だぁいすき」

皐織は小さな身体で、精一杯抱きついてくる。

まるで大きなぬいぐるみにでもなった気分だが、脩はひたすらじっとしていた。

小さな手でぎゅっと首筋の毛を握られる。三角の耳もいいように弄《いじ》り回される。

皐織は本当に狼が気に入ったように、きゃっきゃっと笑い声を立て、しまいには脩の背中にまでよじ登ってきた。

それでも脩は、こうしているのは悪くないと思っていた。

相手はただの、それもとびきり小さな人間だが、こうして懐かれるのは悪くない。

ふさふさの尻尾でぱさりと頭を叩いてやると、今度はその尻尾を捕まえようと、必死になっている。

脩は左右にばさっばさっと尻尾を振って、皐織を遊ばせてやった。

「しっぽ！　しっぽ！」

「きゃう……」

皐織は奇声を上げながら、夢中でしっぽを追いかける。

しばらくすると、皐織ははしゃぎすぎて疲れたのか、脩のふさふさの尻尾を抱え込んだまままで、眠ってしまった。

脩は廊下に伏せたまま、そっと後ろを振り返るが、皐織はすやすやと寝入っている。抱え込まれた尻尾がむずむずするが、無理に引っ込めると、皐織を起こしてしまいそうなので、脩は仕方なくじっとしていた。

そのうち脩も眠気を感じて、うとうとし始めてしまう。

濡れ縁にはぽかぽかと温かな陽が射している。

小さな子に懐かれて、最初はどうしていいか戸惑ったが、こういう穏やかさは悪くないと思う。

しかし、しばらくして、その幸せな時間が破られる。

座敷の向こうに人の気配がして、脩はひくりと鼻先をうごめかした。

今すぐ立ち去ったほうがいい。そう思ったけれど、いきなり立ち上がっては、皐織を起こしてしまう。

「さ、皐織様！　おまえはどこの何者だっ！　皐織様に何をする？」

金切り声が上がった時も、脩は大人しく座り込んだままだった。

だが、奥から駆けつけてきた女の使用人が、さっと皐織を抱き上げてしまう。

「いやぁ、おおかみさん」

無理やり起こされた皐織は、お気に入りから引き離されてぐずっていたが、年配の使用人は険しい顔つきで脩を糾弾《きゅうだん》した。

「何者だ？　皐織様に気やすく触れるなど、許されることではない！　今すぐ立ち去れ！さもないと」

脩は、最後まで小言を聞くことなく、ゆらりと立ち上がった。

「ひっ……！」

別に吠《ほ》えたわけでもないのに、使用人は恐怖に駆られたように凍りつく。

皐織はその腕の中で、ばたばた両手と両足を動かし暴れていた。

「いやぁ、だっこはいや。おんりするから、はなして」

小さな皐織の目にいっぱい涙が溜まっているのを見て、脩は怒りを感じた。

「いやがってるから離してやれよ」と怒鳴ってやりたかったが、それを辛うじて堪える。これ以上ここに留まっていると、騒ぎが大きくなるだけだ。

そう思った脩は、皐織への未練を断ち切って、だっと濡れ縁から庭へと跳躍した。庭を駆け抜け、垣根をひと飛びに越えて、屋敷の外に出る。

そのまま天杜川の土手まで走った時、初めて服とランドセルを置きっぱなしにしてきたことを思い出した。

「ちぇっ、忘れてきた。でも、今はまずいな。あとで取りに行けばいいか」

脩はそう独りごちて、天杜神社へと向かったのだ。

†

その日の夜、直景と向かい合って夕食を取っている時、思わぬ来客があった。訪ねてきたのは、皐織を抱き上げた、九条家の使用人だった。

夜、直景が眠ってから、こっそり抜け出してランドセルを取りにいくつもりだった脩は、まずいことになったと顔をしかめた。

自分が怒られるのはいいけれど、直景が責任を負わされるのはいやだ。

「これは、お宅の子供がお屋敷に忘れていったものです」

「脩が、お屋敷に忘れ物を？」

直景は怪訝《けげん》そうに問い返しながら、ランドセルと服を受け取る。

ちらりと振り返られて、脩は思わず首を引っ込めた。

しかし、九条家の使用人は、意外なことを言い出したのだ。

「明日もお屋敷に来るように言ってください」

「え？　どういうことですか？」

問い返した直景に、年配の使用人は苦虫を嚙み潰したような顔つきになる。

地味な色合いの和服で髪はひっつめ。背筋をぴんと伸ばして立っていられると、百年ぐらい時を遡《さかのぼ》ったかのような心地になる。

「皐織様が、明日も会いたいと仰《おお》せられましたので」

「はあ……」

状況の読めない直景は、曖昧に答える。

その後ろで、脩は「やった！」と、快哉《かいさい》を上げたい気分だった。

皐織のやつ、相当ぐずったようだな。それでなきゃ、こんなに困った顔で頼みにくるはずがない。

しかし使用人は、きっと脩に視線を据えて、再び口を開く。

「言っておくが、殿様がお許しになったわけではないぞ。お留守の時は、何人《なんぴと》たりともお屋敷に入れてはならぬ。我らはそう命じられておる。本来なら、はぐれ者のおまえが、皐織様のおそばに上がるなど、考えられぬことじゃ。よいか。皐織様には心してお仕えせよ。万にひとつも、間違いなどしでかさぬように、宮司殿からもよくよく言い聞かせておいてもらいたい」

時代がかった脅し文句に、直景は深々と頭を下げた。

脩は、内心でむっとなったが、ここで大騒ぎすれば、皐織に会うのを禁じられてしまうかもしれない。だから、直景に倣《なら》い、ぺこりと頭を下げたのだ。

九条家の遣いが帰り、直景は少し厳しい表情を見せた。

「脩、何があったのか、詳しく説明してくれるか？」

「別に……皐織が狼になれって言うから、変化しただけだ。俺、他には何もしてないよ」

ぶすりとしたままで言うと、直景はほうっと深く息をつく。

「脩、君はまだ小さい。だから、世の中の怖さを知らない」

「俺は小さくなんかない」

脩はそう言い返したが、直景は少しも取り合ってくれなかった。

「天杜村は特殊な場所だ。住人の中には獣の本性を持つ者が大勢いる。だから、君がところかまわず狼になっても、あまり問題にはならなかった。しかし、もし、何も知らない人間がたまたま天杜村に来ていて、君が変化するところを見てしまったとしたら、どうなる?」

「………」

「事は君だけの問題に留まらない。天杜村の住人全部が影響を受けることになるんだよ?獣に変化できる者がいる。そんなことが世間に知られたら、天杜村の平和は保たれなくなってしまう」

決して声を荒げたわけではないが、直景の言葉は胸に染みた。

両親が生きていた頃は、脩も滅多に変化などしなかった。ごく普通の人間として暮らし、本性のことは絶対に知られないように注意を怠らなかった。

しかし天杜村の特殊な環境に安堵《あんど》するあまり、少し羽を伸ばしすぎていたのだ。

「脩、この村はね、あと数年のうちに、水の底に沈むことになる」

「えっ」

さらりと告げられたことに、脩は目を見開いた。

「ダムの開発計画があってね……いずれ、この村はダムの湖底になるんだ」

「そんな……っ、だって、そんなの、ないよ」

思わず言い募ると、直景は寂しげな笑みを見せる。

「百年ほど前まではよかったんだ。敵の侵入さえ許さなければ、ここでのんびり暮らしていけた。しかし、今はもうそういう時代じゃない。若者は教育を受けるために村を出る。それに、仕事を求めて村を離れる者もいる。だからね、九条の殿様は、そこらへんもよく考えてくださって、天杜村の一族の拠点を東京に移そうとお考えだ。今、九条家の屋敷に皐織様しか残っておられないのも、そういった理由からだ」

脩は呆然となった。

両親の復讐のため、《力》を蓄えなければならない。敵のいないこの村は、脩にとって理想的な隠れ家だった。なのに、その村自体が消えてしまうなど、信じられない。

「直景はどうすんの？　ここがなくなったら、どうすんの？」

「私は取りあえず最後までここに残るよ。大切な霊珠も預かっている。住人を外に送り出したあと、霊珠をどうするかはまだ決まってないんだ。難しい問題がいっぱいあるからね」

「でも……」

「脩、そんな顔をするな。何も今すぐ村がなくなってしまうわけじゃないから。脅かして悪かった。それにね、さっきは責めるようなことを言ってしまったけれど、あれも本当は脩のことが心配だったからだ。君はご両親をあんな形で失って、それでも気丈に生きている。私はごく普通の人間だ。不甲斐《ふがい》ないとは思うが、万一君が敵に狙《ねら》われるようなことがあっても、守ってあげられないかもしれない。だからね、脩。本当に気をつけてほしい。それだけなんだ」

直景はそれきりで黙り込む。

「ごめん、直景……。俺、注意を怠らないようにする。それに、直景に何かあったら、絶対に俺が守るから」

脩は真摯《しんし》にそう告げた。

「脩……」

直景は思わずといったように、脩の頭に手をやって、それからついっと横を向く。

なんだか泣いているように見えて、脩は落ち着かない気分になった。

直景は両親を亡くした自分を引き取ってくれた恩人だ。

だから、今度は自分のほうが直景を守るのが当然だ。

それに、あの可愛らしい生き物、皐織のことだって自分が守ってやらなければ……。

脩の胸にはいつの間にか、そんな気持ちが生まれていたのだ。

†

屋敷への出入りを許された脩は、それから毎日のように皐織の顔を見にいくようになった。

皐織はよく脩に懐き、会うたびに狼になってくれとせがまれる。

そして脩のほうも、可愛い皐織との触れ合いで、ずいぶんと慰められていたのだ。

根底にあるのは、皐織と自分は似たような境遇だという認識だった。

自分には両親がいない。保護者の直景がそばにいてくれるけれど、彼は血を分けた家族じゃない。だから、どこかに遠慮があって全面的に甘えたりはできなかった。

皐織には母親がいない。そして父親も滅多に顔を見せず放りっぱなしにされている。

寂しい思いをしている皐織を慰めてやれるのは、同じ気持ちを抱えている自分しかいない。

脩はそんな使命感にも駆られて、九条家の屋敷に通い続けていたのだ。

そうして、瞬《また》く間に二年ほどの月日が流れ、その間に、ダムの建設計画も進んでいた。

村から出ていく者が徐々に増え始め、脩のまわりでは、最初に花子の家族が村を去った。

明日には一朗と二朗も村を出ていくことになっている。

「脩、おまえに会えなくなると寂しいぜ」

二朗は人型なのに、本物の兎と同じように目を真っ赤にして訴える。

弟を守るように肩を抱き寄せている一朗も、寂しそうな顔をしていた。

「おまえら、東京に行ったら、気をつけろよ？　二朗は特に、へまして耳なんかぴょこんと出してみろ。寄ってたかって苛《いじ》められるからな」

脩がそう注意すると、二朗はぷうっと頬を膨らませる。耳も不満そうにピクピク動いていた。

「二朗の面倒はぼくがちゃんと見るから大丈夫だよ。それより脩のほうが心配だよ」

「俺が心配って、なんだよ？」

思わせぶりな言い方に、脩はじろりと一朗を睨みつけた。

脩は成長が早く、もう年長の一朗と目線の高さも一緒になっている。

「皐織様も、いよいよ東京へ行かれることが決まったって聞いたから……脩、ほんとに寂しくなるんじゃないかなって」

皐織の名前を聞いて、脩はドキンとなった。

みんなが次々に村を離れていっても、自分と同じで皐織も最後までここに残るものと思っていたのだ。

「別に、いいんじゃないか。何年か経ったら、俺だって東京に行くし」

脩は動揺を覚られないように、強い口調で言い返す。

「ここがダムの底になっちゃうのと、脩が東京の中学に入学するの、どっちが早いだろうね」

天杜村には小学校しかないので、卒業すれば隣町の中学に通うのが普通だった。

だが直景は、脩を東京の中学に進学させるつもりでおり、それを皆が知っているのだ。

「そんなの、どっちが先だっていいよ。でも、とにかくおまえたち、元気でいろよ」

「脩もね。またいつか、きっと会おうね」

「脩、元気でな」

一朗、二朗の兄弟は、千切れそうなほど手を振りながら家に帰っていった。

出発は何故か夜中らしいので、見送りにはいかない。

校庭の隅で、脩は兄弟の姿が豆粒ほどになるまで、じっと見守り続けた。

そのあと、さっと木立の中に飛び込んで全裸になる。

乱暴に扱いすぎたせいで、ランドセルは壊れてしまった。しょっちゅう咥えて走っていたので、肩に掛ける部分が切れてしまったのだ。だから、今、通学用に使っているのは帆布のショルダーバッグだ。その中に脱いだ服を突っ込むと、脩はすぐさま狼に変化した。

バッグを咥え、一目散に九条家の屋敷を目指す。

いつもどおり裏庭に回って垣根を跳び越えると、皐織が待ち構えていたように濡れ縁から立ち上がった。

皐織はますます可愛らしい子供になっていた。そろそろ就学年齢に達するところだが、身体つきは華奢《きゃしゃ》だ。真っ直ぐで艶《つや》やかな髪を伸ばしており、肩胛骨《けんこうこつ》に被るほどになっている。

「しゅう、おにい、ちゃん……っ」

脩の狼姿を見て、皐織は両手を広げ、何故か切羽詰まったように声をかけてくる。

相変わらず女の子用の着物を着た皐織に、脩はしなやかに駆け寄った。

「どうした、皐織？」

「おにいちゃん、さおりね、さおりね……あ、あした、とうきょうへいくんだって」

「明日？」

脩は思わず唸《うな》るような声を上げた。

さっき聞いたばかりの話なのに、それが明日だと？

「とうきょうなんか、いきたくない。いやだよ。おにいちゃん……。おにいちゃんにあえなくなるの、いやだ……ひっく……ぅ」

皐織は狼の首筋にかじりついて、おいおいと泣き出す。少し身長が伸びたので、脩が立ったままでも手が届く。

首筋に顔を押しつけながら、しゃくり上げている皐織に、さすがの脩も呆然となっていた。

明日、皐織が行ってしまうなんて、そんな話は聞いてない。

これっきりで会えなくなるかと思うと、脩も泣きたくなってきた。

花子や一朗、二朗の兄弟と別れるのもなんとなく寂しかったが、皐織がいなくなってしまうのは、思った以上にショックだった。

「皐織、ほんとに明日、東京へ行くのか？」

「うん、おにいちゃまが、あした、おむかえにくるの。これからはずっと、とうきょうなんだって……さおり、やだ。……ひっく……いやだ、いきたくない……ひっく……」

懸命に訴えてくる皐織が可哀想《かわいそう》で、脩はどうしていいかわからなかった。

できるのは、皐織の頬や手を舐めて、慰めてやることだけだ。

「皐織、泣くなよ」

「だって、……ひっく、おにいちゃんに、あえなくなる……っ、さびしいもの……ひっく、やだよ、はなれたくない……、ひっく……」

「皐織、俺もそのうち東京へ行くから、そしたら会いにいってやる」

「いつ?」

「うーんと、まあ、何年か経ってから、だけど」

「やだ、やだ、やだぁ……ひっく、ひっく……」

皐織はさらに激しく泣き始めてしまう。

自分だって皐織と離れるのはいやだ。

最初に会ってから約二年の間、脩はほぼ毎日、この屋敷に通っていた。顔を出さなかったのは、当主が戻ってきていたほんの数日の間だけだ。それも、脩のほうから遠慮したわけではなく、屋敷の者から出入りするなと固く止められたからだ。

皐織は警戒心の欠片《かけら》も持っていないように、自分に懐いてくる。狼の姿でも恐がりもせず、それどころかいつも気持ちよさそうに抱きついてきた。

こんなに可愛い真似をされて、心が動かない者などいない。脩はすっかりほだされて、今では皐織のことが本当の妹、いや弟のように可愛かったのだ。

なんとか皐織と離れずにいられないものか。

脩は真剣に考えたが、まだ小学生の自分ではどうしようもない。

だが、その時、ふいにいい考えが閃いた。

「皐織、泣くな」

脩はそう言いながら、唐突に変化を解いた。

狼の輪郭がゆらめいて、皐織の手が離れる。

しかし、次の瞬間、脩は人型でそこに立っていた。

「おにい、ちゃん？」

いきなり変化を解いたので、皐織が驚いたように目を見開く。

脩は完全に裸だったが、そんなことにかまってはいられなかった。人間に戻ったのは、両手を自由に使いたかったからだ。

そして脩は、ぎゅっと小さな身体を抱きしめた。

「皐織、おまえは俺のことが好きか？」

「うん、さおり、おにいちゃんのこと、だぁいすき」

皐織は素直にこくんと頷く。

脩はちょっとだけ手の力をゆるめ、上からじっと可愛い顔を覗《のぞ》き込んだ。

ちょっぴり照れくさいけれど、皐織が好きだと言ってくれるなら、問題ないだろう。

「それじゃな、皐織。皐織は大きくなったら、俺の番《つがい》になれ」

「つがい？」

皐織はきょとんとしたように訊ね返してくる。

「そうだ。皐織は俺の花嫁になるんだ。皐織が花嫁になれば、もう俺たちはずーっと一緒にいられるから」

脩は湧《わ》き上がる羞恥《しゅうち》を堪え、早口で言った。

皐織がどんな返事をするかと思うと、ドキドキしてしまう。

「さおり、おにいちゃんの、はなよめさんになるの？」

「そうだ。皐織は俺の花嫁になるんだ」

「はなよめ、さん」

「だからな、皐織。大人になって俺が迎えにいくまで待ってろ」

何故唐突にそんなことを言ったのか、脩は自分でもよくわからなかった。

ただ、泣いている皐織を宥める方法を、それしか思いつかなかったのだ。

「おにいちゃんのはなよめさん……」

「いいな、皐織？」

濡れた頬を指で拭ってやりながら重ねると、皐織はうっすら頬を染め恥ずかしそうにこくんと頷いた。

脩の胸に、愛しさが溢《あふ》れてくる。だから脩は、本能の命ずるままに腰をそっとかがめて、皐織のふっくらした唇にちゅっと口づけた。

皐織は突然キスされて、びっくりしたように目を瞠る。

「さおりは、おにいちゃんのはなよめさん」

さっきまで泣きじゃくっていた皐織は、歌い出さんばかりに機嫌がよくなる。

素直に感情を表す皐織は、やっぱり可愛らしかった。

「皐織、今のはふたりだけの秘密だぞ？　他の人には言うな。内緒だからな？」

「ないしょ？　うん、いいよ」

わかっているのか、いないのか、皐織は素直に頷く。

まだ六歳だから、世の中の常識など知らないのは当然だ。

しかし、脩は知っていた。

皐織は男の子だから、男の自分が花嫁にするのは不自然だと——。

それでも、ちっともかまわなかった。

皐織が泣いて、それを宥めるために口にしたことだけれど、脩は固く誓っていた。

大人になったら、皐織を迎えに行く。

そして、皐織を番にする。

脩の中で、それは揺るぎのない決意となっていたのだ。

「約束の印だ」

脩は羞恥をごまかすため、ぶっきらぼうに言い切った。

3

その日、九条皐織は朝からずっと落ち着かない気分だった。

天杜村でひっそり育てられていた皐織が、東京の本宅に移ってもう四年が経っていた。

皐織は私立大学の付属小学校の四年生になった。九条家は特殊な家なので、大きな屋敷の警備は万全で、皐織は学校へも車で送り迎えされている。

学校に行けば楽しい授業があるし、休み時間になると話しかけてくれる友だちもいる。

だが皐織はいつも、なんとなく寂しかった。

思い出すのは天杜村にいた小さな頃のことばかりだ。

皐織は九条家の三男だが、上の兄ふたりとは母親が違う。皐織の母はあまり丈夫ではなく、九条の家に後妻に入って皐織をもうけたが、その後まもなく心臓の病が悪化して還らぬ人となった。

皐織が東京の本宅ではなく、天杜村の別宅で育てられたのは、母を早くに亡くしたせいばかりではなく、もうひとつ大きな理由があった。

九条の父、そして兄ふたりは純粋な人間ではなく、虎の本性を持っている。だが、皐織だけは母の血を引き、本性を持たぬただの人間として生まれたからだ。

天杜村出身で獣の本性を持つ者は多い。そして天杜村で生まれた純粋な人間は、獣の本性を持つ者に名を与えるという大事な役目を担っていた。

千年以上も前から天杜神社に納められている霊珠という神宝を介し、生まれた子供に名前をつけるという神事を行うのだ。その神事によって、命名者と名付け子の間には、特別な繋《つな》がりができる。命名者はそれとは気づかぬうちに、霊珠をとおして名付け子に《気》を送り続け、それを元に、名付け子は妖力を維持できるようになるのだという。

命名者が名付け子と縁を結ぶのは、一生に一度とされている。ただ名付け子のほうが早くに命名者を亡くしたりする場合は、その限りではない。

天杜村はダム工事の計画が進んでいた時に、ほとんどの住人が四散し、今では老人のみが細々と生活を営んでいるだけになっている。九条家では、村を出た人々の暮らしが成り立つように、手を尽くしていた。

九条の一族は昔も今も天杜村の支配者で、だからこそ大きな責任も負っているのだ。

学校から帰宅し、皐織はそわそわと自室を歩き回っていた。

天杜村にいた時の幼なじみが東京へ来ることになっており、ずっと待ち続けているのに、まるで音沙汰《おとさた》がない。

必ず会いにいくと約束したくせに、なんの連絡もくれないことに、皐織は裏切られたような気分だった。

天杜神社の養い子になった葛城脩は、この春から東京の中学に進学したはずだ。

名門といわれる私立校に難なく合格したことで、兄ふたりが驚いていたのを聞いたのだ。

「どうして、会いにきてくれないの？　あんな約束したくせに……っ」

皐織は思わずそう口に出し、そのあと仄《ほの》かに頬を染めた。

子供同士の他愛ない約束だった。今なら皐織にもわかる。あの約束は絶対に実現しないものだということを。

天杜村を離れる時、自分はまだ六歳で、小学校にも入学していなかった。

狼の脩と別れるのがいやで、わんわん泣いていたら、その脩が突然言ったのだ。

大人になったら、皐織を花嫁にするため、迎えに来ると――。

皐織はふるふるとかぶりを振った。

さらさらの髪は、肩に着く程度まで伸ばし、きれいに切り揃えている。

あの時、脩に抱きしめられ、キスまでされたのを思い出すと、今でも顔が赤くなる。

だけど、花嫁のことはともかく、脩に会いたい気持ちは幼い頃から少しも薄れていない。

兄ふたりは年が離れていたし、当時は一緒に暮らしていたわけでもないので、皐織はいつも寂しかった。

その寂しさを埋めてくれたのが、脩だったのだ。

脩は狼の本性を持ち、皐織はそのふさふさの毛を撫でてあげるのが大好きだった。

「やっぱり、お父様かお兄様に脩のことを訊いてみよう」

皐織はようやくそう決意して、ふうっと息を吐き出した。

†

その夜、皐織とともに夕食の席についたのは、年の離れた兄ふたりだけだった。

父は商談のため海外に出かけており、しばらく帰ってこないという話だ。

九条家は東京に居を移した今も、わりと封建的な風習を多く残していた。

閑静な住宅地に構えた屋敷は豪壮で、二重の石塀で囲まれている。広大な庭は自然林をうまく残すように造られ、その中に、西洋式の重厚な屋敷が建てられていた。

使用人の数も多く、ほぼ全員が天杜村出身だ。

広々としたダイニングで、三人だけの食事を進めながら、詰《つ》め襟《えり》の学生服っぽい格好をした皐織は、話を切り出すきっかけを探った。

長兄の諸仁は皐織より十五歳年上で、すでに父の片腕として九条財閥を切り回している。

命名者が老齢なため、亡くなったあとは、皐織が長兄の命名者となることが決められていた。

長兄は皐織をすごく甘やかし、優しい言葉をかけてくれるが、皐織はなんとなくこの兄を恐れていた。

本性は父と同じで虎。長身で端整な顔立ちだが、ふとした拍子に凄《すご》みのある表情を見せ、皐織はいつも萎縮《いしゅく》してしまう。家族だけの食事でも、堅苦しい部分のある諸仁はいつもきちんとビジネススーツを着ている。だから皐織も、なんとなく全面的には甘えられないのだ。

次兄の嗣仁《つぐひと》は五歳年上で、きれいな顔をしている。中学三年になったばかりだが、雑誌のモデルを務めることもあり、家族の中では異色の存在だった。華やかな世界に足を踏み入れているせいか、長兄とは正反対で、軽い言動を取ることが多い。この次兄には、事あるごとにからかわれてばかりなので、皐織はやはり苦手だった。

「皐織、なんか浮かない顔だね？　どうかしたのかい？」

次兄の嗣仁に訊ねられ、皐織はこくりと喉《のど》を上下させた。

長兄がうるさいので、嗣仁もきちんとディナージャケットを着ている。だが、家族だけの席で蝶《ちょう》ネクタイまで締めた正装は、逆に浮いて見える。もちろん次兄はそれを狙って、わざわざそんな格好をしているのだ。

「皐織、何かおねだりでもあるなら、きちんと言いなさい。私がなんでもしてあげよう」

ワインのグラスを空けた諸仁にもそう言われ、皐織はようやく口を開いた。

「あの、天杜村にいる脩……あの、天杜神社にいた葛城脩……中学はこっちに通うって……それで、あの、彼はここに来ますか？」

天杜村出身の者が東京でどうするか、それを把握《はあく》しておくのは九条家の役割だ。次兄はともかく、長兄ならば必ず話を聞いているはずだった。

「ああ、天杜神社の……彼なら、訪ねてきたな」

「来ましたね」

長兄の言葉を受けて次兄も大仰に頷く。

「あの、それって、いつですか？」

皐織は思わずテーブルに身を乗り出して問い返した。

「三日前だったな。日曜日だ」

「うん、そうそう。皐織がヴァイオリンのレッスンに行ってる時」

「どうして、教えてくれなかったの？　ぼく、会いたかったのに」

皐織は泣きそうになりながら、問い詰めた。

だが、長兄の口から出たのは、極めて冷ややかな言葉だ。

「必要ないだろう」

「必要ないって、どうして？」

「あれは、天杜の一族とはまったく関係のない者だ。九条家はあれに対する責をいっさい負わない。宮司が勝手に育てた子供だ。ゆえに、今後は我が家と関わり合うことを禁じた。二度と訪ねてこないだろうから、皐織も忘れなさい」

「嘘だ……」

皐織はショックのあまり、呆然となった。

いくら堪えようと思っても、目尻には見る見るうちに涙が盛り上がってくる。

四年ぶりに会えるのを、指折り数えて楽しみにしていたのに。

「どうしてなの、兄様……っ、ぼく、脩に会いたかったのにっ！」

皐織がそう食ってかかると、長兄はわざわざ席を立ち、テーブルを回り込んでくる。

肩に、宥めるように手を置かれ、皐織はきゅっと唇を噛みしめた。

「皐織、九条家は特殊な家だ。それはもう皐織にもわかることだろう？　天杜の者たちは、一族だけで力を合わせていかねばならない。葛城脩には経済的な援助を与えているが、あれは天杜の者ではない。北米の縄張りを追い出されてきたはぐれ者だ。我々のように特殊な能力を持つ者は、助け合っていかねばならない。今は狭い地域で息を潜めているだけでは駄目なのだ。国際的にも協力し合っていく必要がある。葛城脩を正式に天杜の者にすると、どこで苦情が出るかわからないからね」

長兄は噛んで含めるように言うが、皐織は納得できなかった。

そんな遠い場所の顔も知らない者に遠慮して、脩を追い払うような真似をするなど、信じられない。

「兄様の話なんか、知らない。ぼくは脩に会いたいだけ」

皐織は涙でいっぱいの目で、ひたすら長兄を睨んだ。

すると、諸仁は困ったようにため息をつく。

「皐織、機嫌を直しなさい。そうだ、ヴァイオリンの先生が、皐織は筋がいいと褒めておられた。頑張ったご褒美に、新しいヴァイオリンを買ってあげよう。ストラディバリがいいか、それともアントニオ・グァルネリがいいか、なんでも好きなものを言うといい。兄さんがいいのを探してきてあげよう」

「ぼくはヴァイオリンなんか、いらない」

皐織はしっかり横に首を振った。

長兄が挙げたヴァイオリンは、簡単に手に入るものではない。それに、数億の値がつくこともあるような名器だ。

「困ったな……。皐織、とにかく機嫌を直しなさい。私はこれから出かけなければならない。明日は一日留守にするから、明後日、また話をしよう」

長兄はそう言って、再び皐織の肩をぽんぽんと叩《たた》く。

向かいの席でそれを見ていた次兄は、呆《あき》れたように肩をすくめた。

「兄さん、夜の外出、と言っても、どうせ仕事なんでしょう？　ほんとに頭が下がるなぁ」

「嗣仁、おまえはちゃんと勉強しろ」

厳しい声音に、嗣仁はまた肩をすくめる。

そして長兄は、ちらりと皐織の様子を目に収めてからダイニングを出ていった。

「皐織、兄さんがせっかくヴァイオリンを買ってくれるって言うんだから、いいのおねだりすればいいじゃないか。兄さん、皐織には特別甘いから、なんでも言うことをきいてくれるぞ？」

嗣仁は、皐織の沈んだ気持ちを盛り上げようとしてか、やけに明るい声を出す。

それでも、脩に会えなかったショックが大きい皐織には、怒りがあるだけだった。

「ぼくはヴァイオリンなんか欲しくない。脩に会いたかっただけだ。諸仁兄様も、嗣仁兄様も嫌いだから」

皐織は涙を堪えてそう言い放ち、すくっと席を立った。

そして、嗣仁が慌てたように止めるのも聞かず、ダイニングから一気に駆け出した。

†

二階にある自室でひとりになった皐織は、大きなベッドに突っ伏して、さめざめと泣いた。

脩は忘れていたわけじゃない。ちゃんと訪ねてきてくれたのだ。

それなのに会えなかったとは、胸が張り裂けてしまいそうだった。

「脩……、ひっく……脩……っく……」

嗚咽《おえつ》を上げながら、何度も名前を呼ぶ。

大人の事情なんか知らない。ただ脩に会いたかっただけだ。

九条家では、自分ひとりだけが獣の本性を持っていない。皐織はずっと浮いた存在だった。だから、兄たちがどんなに大事にしてくれても、寂しさが埋まらなかった。

どれほど経った頃か、窓の外からコツコツとおかしな音が響いてくる。

皐織ははっと顔を上げ、そこで信じられない者の姿を発見した。

ガラス窓に貼りついていたのは、脩だった。Tシャツの上からチェックの長袖《ながそで》シャツを羽織り、下はジーンズという格好だ。

「脩！　どうしてここへ？」

皐織は慌ててベッドから起き上がり、窓辺まで走り寄った。

急いで鍵《かぎ》を解錠し、格子状の桟《さん》が入った窓を押し上げる。

脩はするりと身軽に、部屋の中へと飛び込んできた。

驚いたことに脩は裸足で、手にスニーカーを持っている。

窓近くの桜の枝が大きく揺れているから、そこからよじ登ってきたのだろう。

「皐織、おまえ、また泣いてたな？　ほっぺた濡れてるぞ？」

四年ぶりに放たれた第一声がそれで、皐織はいっぺんにむくれてしまった。

「違う。泣いてないもん」

「嘘つけ」

脩はそう言いながら、指でするりと皐織の涙を拭った。

久しぶりに会う脩はずいぶん印象が違っていたけれど、皐織は我慢できずに抱きついた。たまに電話で話したり、手紙を貰ったりしていた。でも、本物の脩に会ったのは、二年前に天杜村に帰った時だけだ。

「脩だ……」

そう言ってしがみつくと、脩は子供の時と同じように頭を撫でてくれた。

「大きくなったな、皐織」

「だって、もう小学四年生だよ？」

ここ何年かでかなり背が伸びたと思っていたけれど、脩の成長には到底追いつかない。それがなんだか悔しかった。

「俺がもう中学だもんな」

感慨深そうに言う脩に、皐織はさらにぎゅっとしがみついた。

長兄は脩を追い返したと言っていた。なのに脩は、厳しい警戒をものともせずに、会いに来てくれた。皐織にとって、脩の存在はふたりの兄たちよりも親しみやすいものだ。

「脩、会いに来てくれたんだよね？　なのに、兄様が追い返したって……。ひどいよね。ごめん。ほんとに、ごめん」

皐織は必死に謝った。

すると脩は、にっこりとした笑みを浮かべ、また皐織の頭を撫でてくる。

「別に皐織が謝ることはない」

「でも……」

「皐織はまだ子供だけど、俺はもう大人だからな」

きっぱり言ってのけた脩に、皐織はくすりと笑った。

脩だってまだ中学一年になったばかりだ。

「九条家が俺を嫌う理由もある程度は予測がついている。俺の父親は北米を縄張りにする狼王だった。別の種族に殺られてしまったけどな」

「脩……」

声のトーンが沈んだものになり、皐織も胸を痛めた。

自分は母の顔を知らずに育ったけれど、脩の両親は無残に殺されたのだと聞いている。そんなに悲惨な経験をしたのに、脩は滅多に弱音を吐かない。

「天杜神社のオヤジが俺を助けてくれたけど、奴《やつ》らは俺のこと、まだ付け狙っているかもしれないんだと。九条家にしてみたら、敵のある俺は厄介なお荷物みたいなもんだろう」

「脩……皐織は脩の味方だよ？　兄様たちが脩をお荷物だと言っても、ぼくは違うから。今は駄目でも、大人になったらきっとぼくが脩を助けてあげる」

真剣に訴えると、脩は一瞬驚いたように目を瞠り、それからまた皐織の頭に手を伸ばしてきた。

のだ。


「まったく、おまえには敵わないな」

「脩……髪の毛がくしゃくしゃになっちゃうよ」

皐織はそう言いながら、頭を撫でる脩の手から逃げ出した。

だけど、そのあとすぐにウズウズとしてきてしまう。脩が東京のどの辺にいるのか、どんな生活が始まったのか、色々知りたいことはあるけれど、胸にはもっと切実な願いがあったのだ。

皐織はじっと脩の顔を見上げた。

脩は昔から、あまり身なりにかまわないほうだが、それでも、どこかかっこよかった。

髪はぼさぼさだけど、顔立ちだって整っている。

しかし、皐織はその脩が見慣れない眼鏡《めがね》をかけていることに、今さらのように首を傾げた。

「脩、その眼鏡は？」

「ああ、これか……」

脩はいくぶん照れくさそうに、かけていた黒フレームの眼鏡を指で押し上げた。

「目、悪くなったの？」

「いいや、全然」

脩はそう言って、にやりと笑う。

「じゃ、どうして？」

「俺さ、最近、目の色が変わるようになってしまったんだ。普段は普通の日本人と変わらないんだけど、時々青くなる。ほら、今だって、青いだろ？」

脩は眼鏡を外し、皐織に顔を近づけてくる。

じっと覗き込んでみた瞳は、本当に、吸い込まれてしまいそうなほどきれいな青だった。深い湖のような色だ。

「すごく、きれい……隠しておくの、もったいない」

「そうか？　だけどな、これが時間によって変わるから、まずいんだ。青い目の人間は大勢いるけど、目の色がころころ変わる奴はいないだろ？　今は普通の人間しかいない学校に行ってるからな。俺が狼だって、万にひとつもばれないように、この眼鏡で偽装してる」

「ふーん、そうなんだ……それで、脩の学校はどんなとこ？」

皐織はベッドの端に腰かけながら訊ねた。

部屋は広く、ベッドの他にもテーブルと椅子《いす》が置いてあったが、脩も皐織の隣に腰を下ろす。

「大学付属の中高一貫校。わりと有名らしい。いわゆる名門、ってやつだな」

「友だち、できた？」

「友だちは作らない」

「作らないの？」

皐織は驚いて、訊ね返した。

「ああ、作らない。俺たちは特殊な種族だ。だから、ただの人間と馴れ合う気はない。ま、適当に話は合わせてるけどな」

「ぼくだって、ただの人間だよ？」

「ばーか、おまえは違うだろ。天杜村の人間は別だって」

脩の言葉に、皐織はなんとなく胸を躍らせた。

脩は学校で友だちを作らない。そう聞いて、自分が特別になったように感じたのだ。

「ねえ、脩……狼になって」

皐織はさっきから、ウズウズと思っていたことを口にした。

せっかく会えたのだ。だから、ぜひとも大好きな狼姿も見せてほしかった。

だが脩は、あっさりと首を左右に振る。

「今日は駄目だ」

「どうして……？」

「俺がこの屋敷にこっそり忍び込んできたこと、忘れてないか？　今はおまえの父親も兄たちも出かけたみたいだから、なんとかなってるけど、ここの警備システムと使用人の警戒ぶりは並大抵のものじゃないんだ。狼になったら、それだけばれる率が高まる。だから、今日はなし」

きっぱりと断られ、皐織はがっかりだった。

「脩にもふもふしたかったのに……」

思わず膨れっ面になると、脩が苦笑する。

そして、また頭に手が載せられて、髪をくしゃくしゃに掻き混ぜられた。

「また来てやるからさ」

「いつ？　明日？」

「それは無理だな」

「じゃあ、来週？」

皐織は無邪気に訊ね返した。

しかし、脩は眉根《まゆね》を寄せ、どことなく悔しげな顔を見せる。

「毎週は無理だ。月に一回、というのも難しいかもしれない」

「ええっ、だって」

「今日みたいに、おまえの父親や兄貴たちが留守なら問題ないけど、あの人たちがいたら、おまえに近寄れない。悔しいけど、俺の《力》じゃまだ無理なんだ」

やはり、脩に会えない原因は自分の家族なのだ。

「兄様は駄目って言ったけど、皐織、父様にお願いしてみるよ」

「皐織……おまえの気持ちは嬉しいけどな。それは難しいだろう」

「だって」

皐織はそう訴えながら、涙を溢れさせた。

脩にはこれからも会いたい。なのに、それが駄目だと言われ、悲しくて仕方がなかった。

「大丈夫だ。きっとまたおまえに会いに来てやる。だから、泣くな」

脩は宥めるように皐織の頭を抱え、目尻に溜まった涙を舌でそっと舐め取る。

子供の頃、狼の脩にもよくそうしてもらった。

優しい感触に、皐織はため息をついたが、涙はなかなか止まらない。

「皐織、必ず会いに来るから」

「ほんとに？」

「ああ、約束だ。だって、おまえは俺の番になるんだろ？」

少し顔を離した脩が、ちょっと照れくさそうに言う。

皐織は幼い頃の約束を思い出し、うっすらと頬を染めた。

「だって、ぼくは男の子なのに……」

「いいんだ、それでも……皐織は皐織だ」

断定した脩に、皐織はようやく笑みを見せた。

いつまでも天杜村にいた時のようにはできない。それでも、脩が変わらずにいてくれることが嬉しかった。

「そういえば、おまえにひとつ頼みがあるんだけど」

「ぼくに？　何？」

皐織がそう問い返すと、脩は腰の裏に付けていた小型のポーチを持ち上げた。中から取り出したのは、野球かテニスのボールぐらいの大きさの、古い錦の袋だった。それに意識を向けたとたん、何故か心臓の鼓動が速くなる。

「これさ、直景から貰ったんだけど、ここで預かっといてくんない？」

「も、もしかして、これって……」

皐織は震え声を出しながら、脩の掌《てのひら》の上を指さした。

「ああ、おまえの想像どおり、これは霊珠だ」

「霊珠……どうして……？」

天杜村の者にとって、霊珠はとても大切なものだ。命名の儀式はすべて、霊珠を使って行うし、その後も大切に保管するのが決まりだ。

なのに、その霊珠を人に預けるというのが信じられなかった。

「俺の《力》は死んだ父親から受け継いだ。俺の一族では霊珠などなくとも、いくらでも《力》を行使できる。だから、霊珠なんかいらないんだ。だけど直景は、もしかしたら、俺にも霊珠が必要になる時がくるかもしれないって言う。それで、東京に持っていけって押しつけられた」

「それなら、脩が自分で持ってないと」

「まあ、そうなんだが、俺、寮生活でさ、しかも個室じゃないんだ。まわりに普通の人間がうようよいるから、変に興味を持たれたり盗まれたりしたら困るだろ？　俺には必要ないもんだし、だから皐織、おまえが預かっといてくれないか？」

熱心に頼まれて、皐織はこくんと頷いた。

「いいよ。脩の代わりに、ぼくが大切に仕舞っておくね」

「悪いな、皐織」

脩はちょっと照れくさそうに笑う。

年の差があるせいで、今までは子供扱いされてばかりだった。でも、自分だって、少しは脩の役に立てたのだ。そう思うと、単純に嬉しかった。

こうして、脩と皐織の新しい日々が始まったのだ。

†

東京へ来て瞬く間に五年以上の月日が流れ、瞳の色を隠すために黒縁の眼鏡をかけた脩は、高等部の三年になっていた。

その間に天杜村の住人は、八割近くが流出した。しかし、中にはどうしても村を離れたくないという人間もいる。それはほとんど年寄りだったが、ダムの建設計画が中止になったこともあり、寂れた村で平穏に暮らしている。

天杜神社の宮司である脩の養父も、村人たちを最後まで見守るため、村に残っていた。九条家では、神社で預かっている霊珠を全部東京に移すと言っていたが、これは様々な問題もあり、実行されていない。

六年近くの間、脩は狼の習性を隠し、人間社会の学校でひたすら大人しくしていた。中学二年の時、天杜村で白狐《びゃっこ》の子が生まれた際は、直景に頼まれ、近衛《このえ》一成《かずなり》という同級生を、半分騙《だま》すような形で天杜村に連れていって狐の子の命名者に仕立て上げた。命名の儀で『真白《ましろ》』と名づけられた子は、天杜村で最後の子供になるだろう。

天杜村でも獣の本性に戻った者が子を産むのは稀《まれ》だという。そのせいで、他に仲間もおらず、命名者とも離れて暮らさなければならないので、不憫《ふびん》だったが、これも仕方のないことだった。

意のままにならないことは他にもあった。脩は約束どおり定期的に皐織に会いにいった。しかし実際に会えた回数は、そう多くない。最初の年はひと月に一回。二年目は年に数回。それがさらに減って、今では年に一度会えるかどうかといった状態だ。

皐織は長兄のふたりめの命名者になることが決められており、身辺のガードが恐ろしいほど固められている。

虎の本性を持つ一族の中で、皐織は唯一の人間だ。だからこそ万にひとつということのないように徹底して警護されている。

はぐれ者の認定をされた脩は、屋敷へ出入りすることも禁じられ、こっそりと皐織に会う機会を窺うしかなかった。だが、二年前に殿様と呼ばれていた九条家の当主が病を得て他界し、長男の諸仁が跡を継いでからは、その機会を窺うことすらできなくなっていたのだ。

「そろそろ一年近くになるな。皐織のやつ、どうしているか……」

脩は学校へと向かう道で、ぽつりと独りごちた。

成長するにつれ、皐織の可愛らしさにはますます磨きがかかり、顔を合わせただけで、心臓がどきりとするほどまでになっていた。けれど、皐織の本質が変わることはなく、会えば全面的に懐かれる。

「今度また、隙《すき》を窺いに行ってみるか」

皐織の顔を脳裏に思い浮かべた脩は、そんなことを呟きながら歩を進めた。

脩が通う高等部は、川縁の閑静な住宅街の一角にあった。脩は学生寮に入っているが、私鉄で三駅ほどの距離がある。

天杜村にいた頃なら、狼の姿でひと走りだが、人目の多い中で、そんな危険な真似はできない。ほとんどの人間は、自分たちの中に獣の本性を持つ者が紛れ込んでいることなど、まったく知らないのだ。

なので脩は、晴れた日は徒歩か軽く流すように走って通学し、雨の日だけ電車に乗ることにしていた。

その日はあいにく朝からの雨で、最寄りの駅から傘を差しながら学校に向かった。

脩は前方を歩く同級生に気づいて足を速めた。

「おい、近衛」

声をかけると、脩と変わらぬほど長身の近衛一成が振り返る。

制服は黒のブレザーと濃いグレーのスラックス。ブレザーの胸元には幼稚園から大学まで共通のエンブレム、ネクタイはグレーと臙脂《えんじ》のレジメンタルだ。脩はめんどくさいネクタイなど通学鞄《つうがくかばん》の中に突っ込んでいるが、近衛はその点真面目《まじめ》で、きっちりネクタイを締めた姿は、いかにも優等生といった雰囲気だ。

「何か用か?」

秀麗《しゅうれい》な顔でそっけなく問い返されて、脩はくすりと忍び笑いを漏らしそうだった。

この近衛を天杜村に伴ってからずいぶん経つ。しかし、その後も近衛は心を開くといったことはなかった。だから、互いに一歩距離を置いた、中途半端な友人関係を続けている。

噂《うわさ》では相当な財閥の跡取りで、しかも自分と同じく小さい頃に両親を亡くしているらしい。交通事故だったという話だが、本人には確かめたことすらなかった。

脩にはどうでもいいことだったし、近衛のほうも私生活に立ち入られるのを極端に嫌がっている雰囲気だったからだ。

「何か用か、もないもんだ。たまたま見かけたから声をかけただけだ。歩く方向も一緒なんだ。仲よく話でもしながら学校まで行こうぜ」

脩はくったくなく笑いながら提案した。

「勝手にしろ」

近衛は短く答えただけで、すぐに脩から視線を外す。

肩を並べて歩き出したはいいが、脩のほうもこれといって話題にしたいことはない。

最寄りの駅からゆっくり歩いて十分程度。会話はなくとも、脩はどこかゆったりとした気分だった。

近衛は警戒心が強く、いつも神経をピリピリと張りつめさせている。近づいてくる者たちにも、一度もいい顔を見せたことがなかった。けれども、それは悪くない性質だ。少なくとも、誰にでも愛想を振りまく者より信頼できる。

だが、この日、近衛は思わぬことを訊ねてきた。

「葛城、おまえ大学はどうするんだ？」

脩が通う学校は幼稚園から大学院まで揃った名門校だ。高等部の多くの者は、推薦と内部受験で大学に進むのが普通だった。

「俺は外部だ。国立を受験する。この学校は金がかかりすぎるからな」

隠すことでもないので、脩はさらりと明かした。

脩の学費は、天杜村出身の多くの者と同じように九条家から出してもらっている。しかし、九条家からは出入り禁止にされたのに、学費の面倒だけみてもらうというのはしゃくにさわる。今は仕方がないにしても、いずれは全額返すつもりだ。だから、これ以上負債は増やしたくないというのが本音だった。

「そうか、ここから出るのか……。それで？　どこの大学の何学部だ？」

重ねて問われ、脩は少なからず驚いた。

日頃クールでとおっている近衛が、ここまで自分のことを気にするとは極めて稀だ。

「俺は医者になるつもりだ」

「医者？」

予想外の答えだったのか、近衛が驚いたようにこちらを向く。

「俺が医者になるのは、そんなに意外か？」

「いや、別に……いや、そうでもない。おまえの進路だから、好きにすればいいだけだが、正直言って驚いた」

珍しく本音を明かした近衛に、脩はにやりとした笑みを浮かべた。

「おまえは？」

「ぼくはまあ、適当だ。あれこれ考えるのも面倒だったから、このまま上に行くつもりだったが、外部を受験するというのもいいかもな。少なくとも、今ある煩わしさは一掃できる」

近衛の言葉は謎《なぞ》めいていたが、これも脩にはあまり関係ないことだった。

天杜村へ伴ったほどだから、近衛のことは信用している。かと言って、毎日べったり一緒にいるほど親しいわけでもないのだ。

「だったら、おまえも俺と同じ大学受験しろよ」

揶揄《やゆ》するように言ってやると、近衛は目に見えて不機嫌な顔になる。

「なんでぼくがおまえと同じ大学に行かなければならない？」

にべもない答えに、脩はまた苦笑するしかなかった。

が、その時、突然、背筋がざわりと凍りつく。

雨の中だというのに、何者かがこちらの様子を窺っている。

脩は全身の神経を張りつめさせた。

危険極まりない気配を放っているのは、同族だった。しかも天杜村出身者ではなく、初めて感じる《気》だ。

今すぐ狼に変化したい。脩は衝動に駆られたが、近衛の目の前でそんな真似はできない。それに、争いになれば、関係のない近衛を巻き込んでしまう。

脩は警戒を怠らずに告げた。

「悪いな、近衛。俺、忘れものをしたわ。いったん寮に帰る」

唐突な言葉だったのに、近衛はさして驚きもせず、表情も変えない。

そして、それきり脩に声をかけるでもなく、真っ直ぐに学校へと向かっていった。

近衛と別れた脩は、学校とは違う方角にある公園を目指した。川沿いにちょっと小高い丘があり、春には桜の名所ともなる場所だ。

このあたりで木立が多いのは、そこしかない。敵が何者かを探るには、身を隠す必要があるし、いざとなれば公園から川沿いの道にも抜けられる。

脩はさりげなく足を速め、公園に続く坂道を目指した。

危険な気配の主は距離を保ちながら、あとをついてくる。

脩は公園への坂道に達したと同時に傘を放り投げ、ぱっと全速力で駆け出した。公園に入り、一番奥の木立まで一気に駆けとおす。

危険な気配の主も、泡を食ったようにあとを追いかけてきた。

脩は桜の木の陰に入り、気配の主が現れるのを待った。秋も深まって葉はすでに紅く色づいているが、雨足の激しい今は紅葉の美しさもあまり感じられない。

雨で濡れそぼった全身に鳥肌が立ち、頭髪まで逆立つような感覚に襲われる。

危険な同族は、脩が話し合いのためにこの場所を指定したと思ったらしく、真っ直ぐに近づいてくる。

驚いたことに、空き地に立った男は二十代後半といった年齢の外国人だった。

膚《はだ》の色が白く、茶色の目と金茶色の癖のある髪をしている。降りしきる雨の中、傘も差さずにいるので、グレーのスーツがぐしょぐしょになっていた。

『やっと見つけた。おまえはシルバの息子だろう』

いきなり英語で話しかけられて、脩はますます警戒を強めた。

シルバとは殺された父の名前だ。

だが男は、そのあと意外なことを言ってくる。

『シルバは我が一族の王だった。今の一族には王がいない。シルバの息子よ、おまえがその王になるのだ。だから我々と一緒に来い』

『いったいなんの話だ？』

脩はひくりと眉をひそめた。

どうやら敵対するつもりはないようだが、信用もできない。

天杜村にいた頃はともかく、脩が東京へ出てきてからもうずいぶん年数が経つ。なのに、今になって何故、唐突に接触してきたのか理解できなかった。

『シルバが殺された時、おまえはまだ小さかった。だから、知らないだろう』

『俺はその現場にいた。いったい何を知らないと言うんだ？』

七歳まで外国育ちだったので、言葉に不自由はない。

『シルバは《力》のある王だった。なのに、簡単に殺されてしまったのは、仲間内に裏切り者が出たからだ。その話、詳しく知りたいと思わないか？』

思わせぶりな言葉に、脩はますます強く男を睨みつけた。

『その情報で俺を釣ろうというのか？　だがな、前後の事情などどうでもいい。父を殺した奴は、いずれ自分で始末する。顔も匂いも覚えている。俺にとって重要なのはそれだけだ。仲間がどうとか俺には関係ない。話がそれだけなら、俺はもう行くぞ』

脩がそう吐き捨てると、男は焦ったような顔つきになる。

『待て！　ブラックの一党は、おまえが生きていることを嗅ぎつけた。シルバの息子は危険だと思われている。奴らはおまえを襲いにくる。ひとりで対抗するのは無理だ！　だから、我々と一緒に来い』

慌てたように言い募る男に、沸々《ふつふつ》と怒りが湧いてきた。

『今の言葉、聞き捨てならんな。そのブラックとかいう連中が、今になって俺の居場所を嗅ぎつけたのは何故だ？　おまえたちがこそこそ嗅ぎまわっていたから、それでばれたんじゃないのか？』

そう決めつけると、やはり図星だったのか、男がぐっと黙り込む。

自分を襲いに来る者がいるなら、かえって好都合。ブラックとかいう奴が父を殺した犯人なら、返り討ちにしてやるまでだ。

脩は警戒を解かずに、じっと男を睨み据えていた。

『もう一度訊く。俺と一緒に来る気はないか？』

『ない』

『おまえはこんな極東の小国に隠れ住んでいるような存在じゃない。もっと広い領土で群れの王となるべきだ。俺ならおまえの力になってやれる。だから、俺と一緒に来い』

『何度訊かれようと、答えは同じだ。俺はおまえたちと群れを作る気はない』

脩は冷ややかに返した。

男は鋭い目で見つめてきたが、決意は変わらなかった。

間近で対峙してみると、この男の実力が相当なものだとわかる。しかし、闘いになったとしても、自分が負けるとは思わなかった。

『そこまで言うなら、今日のところは仕方ない。引き揚げよう。だが、おまえを群れに迎えることを諦めたわけじゃない。近いうちにまたおまえに会いに来よう。それまでに、もう一度考えてみてくれ。あと、身辺にはよくよく気をつけてくれ。陰ながらおまえを守ってやればいいが、俺はそう長く日本にいられない』

『忠告はありがたく受け取っておく』

脩は短く答えた。

説得に失敗した男は、それを期に、案外あっさりときびすを返す。

雨の中、男の姿が視界から消えるまで、脩はじっとその場から動かなかった。

幼い頃から、両親を殺した奴には絶対に復讐してやると思っていた。

その日のために自分の力を蓄えることこそが大事だとも思ってきた。

だが、今はもっと別の強い思いも胸にある。

自分を引き取って育ててくれた直景が大切で、天杜村のことも放ってはおけない。だからこそ、医学部への進学を決意したのだ。

そして、幼い時のように頻繁には会えなくなったが、皐織のことも守ってやりたかった。

もちろん復讐を忘れたわけではない。あの男についていけば、より簡単に悲願が叶《かな》うのかもしれないが、どうしてもその気にはなれなかった。

脩の中では、復讐よりも直景や皐織に対する思いのほうが大きくなっていたからだ。

4

雨の公園で同族の者と接触して以来、脩はずっと神経を張りつめさせながら日々を過ごしていた。

しかし、寒風に枯れ葉が舞う頃になっても、雪のちらつく日がやってきても、これといった変化は訪れない。脩が警戒を怠ることはなかったが、敵に襲われるかもしれないとの情報はデマだったのではないかと思うほど、平穏な日々が続いていた。

脩はその間も猛勉強を続け、狙っていた大学の医学部に無事に合格することができた。

その合格発表の日、脩は人混みの中で思わぬ男の姿を見かけて、くすりと笑ってしまった。

ずっとつかず離れずといった関係を続けていた近衛だ。律儀に高等部の紺色のコートを身につけ、相変わらずの無表情といったところが、いかにも近衛らしい。

脩は人混みを掻き分けながら近衛に近づいた。

「やあ、近衛。偶然だな。おまえも同じ大学に通うことになるとは思ってなかったぞ」

「ああ、ぼくもだ」

近衛は脩が声をかけても驚いた様子を見せず、さらりと返してくる。

「おまえ、何学部？」

「国文だ」

「そうか、俺は医学部。まあ、これからも仲よくやろうぜ。よろしくな」

「あ、ああ……」

あまり嬉しそうでもないが、近衛とはこれからもこんな関係が続いていくのだろう。

「それじゃ、またな」

脩は軽く手を上げて、近衛に別れを告げた。

そのまま最寄りの駅に向かったが、途中で携帯に着信がある。

番号は皐織からのものだった。中等部を卒業するお祝いで、兄から携帯を使う許しが出たとのことで、早速連絡してきたのだ。

『脩、発表はどうだった？』

「ああ、受かってたぞ」

『わあ、おめでとう！　脩なら絶対って思ってたけど、すごく心配だった』

携帯をとおしているからか、皐織の声はいつも以上に甘く聞こえる。

脩は照れ臭さを隠しながら、久しぶりの会話を楽しんだ。

「俺を誰だと思ってる？　医学部の受験ぐらいでこけたりするか」

『脩、すごい自信』

「当たり前だ」

皐織の声を聞いているだけで、何故か気持ちが高揚する。

『……合格のお祝いしないといけないね』

「おまえの高等部進学もな」

『脩、会いたいよ。ずっと脩の顔見てないもの。今度はいつ会いに来てくれる？』

「近いうちに様子を見にいってやる」

『えっ、ほんと？　いつ？　いつ来てくれる？』

歓声を上げる皐織の姿が目に見えるようで、脩はふっと口元をゆるめた。

「いつ、とは言えないが、近いうちだ」

『うん、わかった。ぼく、毎日待ってるから、絶対だよ？』

「ああ、絶対に会いにいってやるから、大人しく待ってろ」

脩は力強く請け合った。

九条家の警戒は厳しい。それに虎が二頭も待ち構えていては、おいそれと皐織に近づくわけにはいかない。

だが、皐織だけではない。自分も皐織に会いたかった。

受験も終わったのだ。毎日九条家を見張っていれば、そのうちチャンスが巡ってくるだろう。

†

しかし皐織との約束は、その後ひと月ほど経っても、結局は実行することができなかった。間の悪いことに、当主の諸仁が屋敷内で仕事をこなす日々が続き、皐織との接触は諦めるしかなかったのだ。

皐織が寂しがっているかもしれないと思うと、こっちまで胸が痛くなる。だが、大学生になったばかりの身分では、皐織をさらいにいくような真似もできない。しばらく時間をおくしかなかった。

そして、もうすぐ大学の入学式を迎えるといった時に、事件が起きた。

脩は大学の男子学生寮に入寮を済ませており、そこから医学部へ通うことになっていた。学生寮の住人は全部で百二十人程度。十畳ぐらいの部屋をふたりで使う。

異変を感じたのは真夜中近くだった。

幸いなことに、脩と同室になった学生は理学部の先輩で、徹夜で実験を続けなければならない課題があるらしく、今夜は帰ってこない予定だ。

脩は目立たない上下黒のジャージに着替え、部屋の明かりを落とした。上下にスライドさせるタイプの窓を開け、できた隙間からするりと中庭に飛び下りる。二階からの跳躍だったが、ほとんど足音も立てない。

外は満月だった。煌々とすべてが照らし出されているが、その分影も多くなる。身を潜めて移動するにはかっこうの夜だった。

昼間、雨が少し降ったせいで、空気が澄んでいる。ゆえに脩は、すぐに六人の敵に囲まれていることを察知した。

ほぼ無風の状態だ。風下にまわって敵を巻くという手は使えなかった。

とにかく、寮の近くで騒ぎを起こすのはまずい。少しでも離れた場所へ敵を誘導するしかないだろう。

脩は人型のままで建物の影を伝い、音も立てずに移動を開始した。

ワンブロック先に広い敷地を持つ神社がある。桜並木の参道も長く続いており、そこへ敵を誘導するつもりだった。今年は開花時期が早かったのでほとんどの桜は散ってしまった。花見をしようという者もいないはずだ。

月光に照らされると、身体中の細胞が活性化するような気がした。

これも狼の習性だろうか。

己の身体の仕組みについて、実はあまりよく知らない。人型から狼へ、またはその反対の変化は、物心がついた頃にはもう自然とできるようになっていた。しかし、他のこととなるとさっぱりだ。天杜村の直景も、霊珠に頼らない種のことはよく知らないと言っていた。

が、今はとにかく、己の《力》を信じるしかない状況だ。

神社に着いた脩は、さっとあたりの気配を探った。

今は誰もいないようだが、都会の夜は意外と行動している者が多い。やはり狼に変化するのは、最後の最後まで待つべきだろう。

脩は油断なく、神社の拝殿を背に、敵を待ち構えた。

すると一分もしないうちに、五人の男とひとりの女が現れる。年齢は二十代から三十代で、全員が白人。そして、いずれも実力者であることをひしひしと感じた。

『おまえがシルバの息子？』

すっとしなを作るように前に進み出てきたのは、二十代半ばに見える女だった。

金髪のショートヘアに、黒のライダースジャケットという格好で、モデル並みにスタイルがいい。顔立ちもシャープに整っているが、男っぽい服装とは裏腹に、何故か女のなまめかしさを前面に押し出している印象だ。

『俺に何か用か？』

脩は短く問いを発した。

『シルバの息子が生きていると聞いて、わざわざ日本まで顔を見に来てあげたのよ？』

女の言い方には、どこかからかうような響きがあった。

まわりを固めている男たちも、にやりと笑みを浮かべている。

『それで、俺がシルバの息子なら、どうしようと言うんだ？』

脩が冷ややかに問い返すと、女はさりげなく近づいてくる。

最大限に警戒する中、目の前までやってきた女は、そっと脩の頬に手を伸ばしてきた。下から上へと、なぞり上げられて、背筋がぞくりとする。

『おまえは、なかなかいい男だな。どうだ、私と番にならないか?』

女はまるで舌なめずりでもするかのような調子で言う。

『断る』

脩は反射的に返した。

いきなりの誘いだが、この女にはまるで興味が湧かなかった。

『ふん、いきなり断るか』

脩の即答に、女は不機嫌そのものといった感じで顔をしかめる。

だが、まわりの反応はまちまちだった。

『さすが、シルバの息子といったところか……俺たちを恐れる様子もないな』

『俺は気に入ったぜ。仲間に入れるに一票だ』

『いや、待て。ジェシカの誘いに乗るならまあいいかと思ったが、こいつは反抗的だ。俺たちの仲間に入れるのは反対だ』

『じゃ、どうする? この場で始末するか?』

『取りあえず、本人にその気があるかどうか、確かめてみたらどうだ?』

脩本人を目の前に、勝手なやり取りを交わしているのが腹立たしい。

静かな怒りを込めて睨んでいると、一番年長の、三十代半ばに見える白いトレンチコートを着た男が訊ねてきた。この群れのリーダーなのか、穏やかで秀麗な風貌《ふうぼう》とは大きく異なり、身体から滲《にじ》み出している覇気が半端ない。

『おまえ、俺たちの仲間になる気はあるか?』

答えなど最初から決まっている。

しかし脩は、答える代わりに質問を返した。

『俺のほうからもひとつ訊きたい。俺の父、シルバを殺《や》ったのは、おまえたちの仲間か?』

年長の男は、脩がストレートに訊ねたことを意外に思ったらしく、片眉を上げる。

『シルバを襲ったのは確かに俺たちの仲間だった。だが、今はもういない。最後にシルバの喉笛を咬み破った男は去年死んだ』

『死んだ?』

脩は怒りに震えながら、問い返した。

いつか敵《かたき》を取ってやろうと思っていたのに、復讐する前に敵が死んでいたとは、怒りをどこへやっていいかわからなかった。

『そして、今はこのブラック様が王だ』

横から声をかけてきたのは、プロレスラー並みの巨漢の男だった。

白トレンチより上背があるが、序列は下。おそらくこの群れのNo.2といったところだろう。

『半年ほど前、おまえに接触した男がいただろう？　奴から俺たちのことを何か聞いたか？』

『海の向こうの話など、興味はない』

『奴らに従うつもりなら、この場でおまえを殺すぞ』

巨漢の男はドスの利いた声で脅してくる。

脩は全身の毛を逆立てた。

対峙する六人も一気に殺気を放ち、脩をじりじりと取り囲む。

『悪いことは言わん。俺たちの仲間になれ。そして、このブラックに従うんだ。従わねば、この場で排除する』

ブラックと名乗った秀麗な男は、むしろ静かな口調だった。しかし、放たれた殺気は、脩を完全に支配下に置こうとするものだ。

今日初めて会った者に従う？

父を殺した者の仲間に？

どう考えても、答えは否《いな》だ。

そして、脅しに屈服する気もない。脩の中に流れている狼の血がそれを許さなかった。

『断る』

脩が短く答えたせつな、最初の攻撃が襲いかかった。

瞬時に焦げ茶色の被毛を持つ狼に変化した巨漢の男が、脩の喉笛を狙って咬みついてきた。

「はっ！」

脩は人型のままで大きく跳躍した。

狛犬《こまいぬ》の石像を利用して、包囲の外まで一気に飛ぶ。

着地と同時に、銀と黒の毛が混じった狼に変化した。

着ていたジャージがはらりと地面に落ちるが、そこを目がけて六頭の狼がいっせいに襲いかかってくる。

『ガウッ！』

『ガルゥウ！』

恐ろしい咆吼を上げながら脩の喉に牙を立てようとする者たちは、予想以上に俊敏で、脩は攻撃を躱《かわ》すだけで精一杯だった。

六頭は群れで獲物を屠《ほふ》ることにも慣れている。互いが邪魔をすることなく連携し、続けざまに脩に向かってきた。

一対一なら脩のほうに分があった。個の力で劣っているとは思わないが、脩には集団で戦いを進めるという経験値がない。

「くそっ！」

背中に鉤爪《かぎづめ》を立てられ、銀色の毛をごっそりむしられる。

それでも脩は、致命傷だけは受けないよう、必死に体を躱し続けた。

拝殿を巡る石塀を跳び越え、桜の幹を左右に抜けて敵を翻弄《ほんろう》する。その勢いで、まだ花を残す枝から、はらはらと花びらが舞い落ちてきた。

六対一の劣勢では、一頭を相手にしている間に他の個体に咬みつかれる。

悔しいが、この場は逃げるしかなかった。

しかし桜並木を駆け抜けていた時、思わぬ障害が出現する。

「キャア――――ッ！」

「ウワァァア――――ッ！」

恐ろしい叫び声を上げたのは、男女のカップルだった。

男はとっさに逃げようとするが、手を繋いだ女のほうが腰を抜かし、へなへなとその場にしゃがみ込んでしまう。

「チッ！」

敵は狡猾《こうかつ》に輪を広げており、逃げ道は真っ直ぐしかない。だが、前方には最悪の障害物。

ほんの一瞬の躊躇《ちゅうちょ》が命取りだった。

『ガルゥッ』

脇腹《わきばら》にがっぷり牙を立てられて、鮮血が噴き出す。

「グゥ！」

後ろ肢にも、ちぎれんばかりに食いつかれた。

もはや逃げることはできない。観念した脩は、そこで初めて攻勢に転じた。腹の底から怒りが湧いて、思いきり同族の首に咬みつく。鉤爪で顔を払い、そのあとまた敵の身体に鋭い牙を立てた。

自分の命を犠牲にして、必死の攻撃を続ける。

痛みは感じなかった。ただ、傷を負って動きが鈍ったのが悔しいだけだ。

脩は六頭の敵を相手に、死に物狂いで反撃した。

あたりは噴き出した血潮で真っ赤になる。鉄のような臭気が鼻について、それがまた闘争本能を掻き立てた。

どれほどそうしていた頃か、唐突に敵の攻撃が終わりを遂げる。

脩は懸命に四肢に力を入れて立っていたが、額から流れる血で視界が真っ赤に曇っていた。

何故か、敵は引き揚げていく。六頭のうち三頭までが、脩の攻撃で深手を負っている様子だ。これ以上の損害を出さないために撤退を決意したのだろう。

「ざまみろ……、ぐ、うっ、……チッ、俺もか……」

ふいに襲ってきた痛みで、脩はゆらりと身体を揺らした。

人間のカップルは、まだその場でへたり込んでいる。

脩は、彼らにはそれ以上関心を払わず、ゆらりゆらりと歩き出した。

脇腹を抉られた傷が一番ひどく、内臓まで達している。早く治療を受けないと、出血多量で死に至る可能性が高かった。

血が流れすぎて、頭も朦朧《もうろう》としてくる。

狼のままで病院に駆け込むわけにはいかない。しかし変化を解けば、もっと身体への負担が大きくなる。

くそっ！　このままで終わってたまるか！

俺は皐織に会いにいかなきゃいけないんだ。絶対会いにいってやると約束したんだ。

そこまで思い、脩は行き先を決めた。

これが最期になるとしてもいい。

皐織に会いにいこう。

あいつ、俺が行かないと、泣くからな――。

そうして脩は、冴え冴《さざ》えとした月光が降り注ぐ中、血まみれのままで九条家を目指して歩き始めた。

5

皐織はうろうろと屋敷中を歩き回っていた。

何故か、先ほどから神経が逆立って落ち着かない。

何かものすごく悪い予感のようなものを感じて、じっとしていられなかった。

こんなことは生まれて初めてだ。

今夜に限って、家には誰もいない。長兄は出張中だし、次兄は雑誌の撮影とかで、まだ帰宅していなかった。

真夜中近くなっても眠るどころではなく、皐織はとうとう庭に足を伸ばした。

頭上から明るい月の光が降り注いでいる。

空を見上げると、ため息が出そうなほど美しい満月だった。

「脩……来てくれないかな……」

皐織は月の光を浴びながら独りごちた。

脩と始めて出会ったのは、まだ幼い四歳の頃。それ以降、皐織はひたすら脩を慕い続けてきた。

何故なのかはよくわからない。

家族にかまってもらえなくて寂しかったから。

それが一番大きな理由となり得るけれど、本当のところは違うと思う。

脩がそばにいてくれるだけで嬉しくて、すごく安心できる。

脩に会えない日々はひたすらつまらなくて、とにかくいつだってそばにいてほしいと思う。

それだけだ。

今だってそうだ。何か得体の知れない悪寒がする。だからこそ、脩にそばにいてほしいと思う。

だが、月光を浴びて庭に佇んでいた皐織は、かさりと庭木が揺れる音を聞いて、びくんと震え上がった。

続けて聞こえてきたのは、何か重量のあるものが、どさっと地面に落ちた音だった。

「だ、誰っ？」

皐織は震え声で誰何《すいか》した。

それに応じたのは、かすかな呻《うめ》き声だ。

「……うう、……さ、織……」

弱々しい声に、皐織はぞっとなった。

「脩！　脩、なの？」

皐織は迷わず、呻き声がした方向に駆け出した。

そこに転がっていたのは、黒と銀の被毛を持つ狼だった。

だが、月光に煌めく毛はべっとりと赤い血に染まっている。

「ど、どうしたの？　脩？　やだ、そんなの……脩……っ」

皐織は思わず狼の首筋に抱きついた。

すると、脇腹のあたりから、ごぼっと大量の血が噴き出してくる。

「い、いやだ！　脩……脩……」

脩は大怪我《おおけが》を負っている。今にも死んでしまうのではないかと、心底震えが来た。

「だ、誰かっ！　誰か、助けて！」

皐織は掠れた悲鳴を上げた。

けれども、狼の脩が前肢を皐織の手に乗せて呻くように言う。

「皐織、よせ……誰も呼ぶな……」

「そんな、だって、だって、こんなに怪我してるのに！」

皐織はどっと涙を溢れさせながら訴えた。

脩は青い目でじっと見つめてくる。

何故か、別れを告げられているような気がして、皐織はさらに恐怖に駆られた。

事態は一刻を争う。とにかく溢れている血を止めるのが先決だ。

皐織は急いで羽織っていたカーディガンを脱いで、一番ひどい傷口に宛《あて》がった。

「脩……脩……どうすればいい？　とにかく手当しないと、脩、死んじゃうよ」

「皐織……俺は死んだりしない」

「人を呼んじゃいけないなら、ぼくの部屋まで運ぶから」

皐織はそう言って、狼を持ち上げようとした。

けれども、皐織の力でそんな真似はできない。脩の首を懸命に抱えて、なんとか立ち上がらせるのが精一杯だった。

それでも力を振り絞って、脩を自分の部屋まで移動させる。

家族は留守。警備の者も寝静まっているらしく、屋敷内では物音がいっさいしなかった。

皐織は必死で脩を自分のベッドに寝かせた。

そして、急いで救急箱を取りにいく。

普通のものより大きなその箱には、包帯や薬が豊富に揃っている。それで皐織は脩の傷を塞《ふさ》ぎ、要所要所に包帯をぐるぐる巻きつけた。

しかし、真っ白な包帯にはすぐに血が滲んでくる。

本当は救急車を呼ぶべきだ。だけど、狼の脩では人間の病院には連れていけない。

脩はぐったりとして意識がないようだ。

皐織は本気で泣きそうだったが、その時、ふと霊珠のことを思い出した。

「そうだ。脩の霊珠。あれで少しぐらい血を止められないかな……」

皐織はそう呟きながら、デスクの抽斗《ひきだし》の一番奥から霊珠の袋を取り出した。

錦の袋を開けて、中の霊珠を脩の傷口に近い場所に置く。

脩の瞳のように青く、きれいな霊珠だ。

だが、こんなことをしてもなんの効果もないのは、始めからわかっていた。霊珠から特別な《力》を引き出せるとしても、それは命名者だけが行える業だ。

「脩、お願い……死なないで……脩」

皐織はベッドのそばで跪《ひざまず》き、泣きながら脩の頭を撫でた。

きれいで雄々しい獣が傷つき、今にも命の灯火《ともしび》が消えそうになっている。

そんなことは絶対に許せなかった。

脩は絶対に死なせない。自分にできることがあるなら、なんでもするから、死なないでほしい。

天がどうしても脩の命を奪うなら、ぼくが代わりになるから……っ！

だから、……だから、脩を助けて……っ！

皐織は懸命にそう願いながら、狼の脩に身を伏せた。

その時、パチッと何かがショートするような音がして、部屋の電気が消える。

それでも皐織は必死に祈りながら、脩の身体を抱きしめていた。

そうして、ふいに変化が起きる。

「あ……」

ふと気づくと、霊珠が淡い光を発していた。

カーテンを閉めていなかったので、部屋には月光が射し込んでいる。最初はその光が反射しているのかと思ったが、霊珠は自ら明滅しているようだ。

弱々しい脩の鼓動と同じように、ゆっくりと星が瞬くように光っている。

それと同時に、皐織は不思議な感覚に襲われていた。

何故かはわからないが、自分の身体から何らかのエネルギーが霊珠に吸い込まれていく気がする。それが大きくなればなるほど、霊珠の光も強くなっていく。

「どうして、霊珠が……？」

皐織は呆然となった。

でも、決して気のせいではない。霊珠の瞬きに合わせ、苦しげだった脩の息づかいも楽になっている様子だ。

これって、もしかして霊珠の力？

皐織は藁《わら》にも縋《すが》るような心地で、霊珠に触れた。

それと同時に、青い石はひときわ美しい光を発する。

確信を得た皐織は、今度は霊珠を間に挟んで脩を抱きしめた。

どうか、脩を治して！

ぼくの命が役に立つなら、もっと力を移していいから、脩を治して！

そうして一心不乱に祈り続け、どれほど経った頃か、頬に触れていた狼がもぞりと動き、はっとなった時にはもう、脩の変化が始まっていた。

狼姿の脩を構成していた輪郭がぶれ、触れていた身体にも手応《てごた》えがなくなっていく。まるで空中に消え失せるかのように脩の感触がなくなって、次には再び霞《かす》んでいた輪郭がはっきりしてきた。

脩は全裸の男体になったのだ。

いつ見ても不思議な現象だ。この世の理《ことわり》ではあり得ない、神がかりの変化。

逞《たくま》しい裸体は傷だらけだった。それでも、噴き出していた血は固まりかけている。

脩は意識を失ったままだが、そっと心臓に手を当てると、脈もずいぶんしっかりしていた。

「よかった……脩……」

皐織は涙を溢れさせた。

天に祈りが通じて奇跡が起きた。

そう思い、願いを叶えてくれた天に感謝を捧げた。

しかし危険な状態を脱したとはいえ、脩の傷が治ったわけじゃない。

人の姿に戻ってくれたので、これなら病院にも連れていける。

「脩、待ってて……救急車、呼ぶからね」

皐織はそっと囁《ささや》いて、立ち上がった。

だが、その時、ふいに脩の手が伸びて、ぐいっと手首をつかまれる。

瀕死の重傷を負った者とは思えぬぐらいの力で、皐織はベッドの上に引き寄せられていた。

「脩？　無理に動いちゃ駄目だよ」

宥めるように言ってみたが、脩は少しも手の力をゆるめない。

それどころか、皐織の身体に腕まで巻きつけて、抱きすくめてくる。

「脩？　脩……っ、ああっ」

脩を暴れさせては、せっかく乾き始めている傷口が開いてしまう。

皐織は懸命に宥めようとしたが、脩の力には敵わない。ぐるんと視界がまわって、ベッドの上に組み伏せられた。

上からのしかかってきた脩は、青い目を爛々《らんらん》と光らせる。

驚いたことに、突然ふさふさの尾が出現し、乱れた髪から三角の耳が覗いていた。

「脩……？」

皐織は恐れを感じて身を震わせた。

人型なのに尻尾と耳は狼。こんな脩は初めてだ。おかしいのは外見だけではない。脩はまるで正気を失っているかのように、皐織を皐織と認識していなかった。

「脩、大丈夫？　んんっ！」

再度声をかけた瞬間、飢えたように口を塞がれる。

皐織は目を見開いたが、脩はまったく止まらなかった。

「んぅっ！　ん、くっ」

強く口を塞がれたまま、唇を舐めまわされる。

息ができなくて大きく胸を喘がせると、その隙を狙ったように口中に舌を滑り込まされた。

「んっ、うぅう」

舌がねっとりと絡められ、そのあとちぎれそうなほど強く吸われる。

さすがに怖くなって、皐織は懸命にもがいた。

それでも脩は止まらず、今度は身体まで撫で回される。

シャツのボタンが飛ぶような勢いで胸をはだけられ、素肌があらわになると、今度は首筋を甘噛みされた。

「やっ、脩……、は、離してっ」

皐織が懸命に叫んでも、脩の動きは止まらない。

乱暴にスラックスまで脱がされて、皐織は生きた心地もしなかった。

脩は飢えた獣のように素肌に舌を這わせてくる。耳をすっぽり口に咥えられ、そのまま咀嚼するように動かされた。

「ああっ、や……っ」

皐織は必死に身体をくねらせた。

お陰で脩の口は耳から離れたが、その時ふと脩の下半身に目がいく。

「！」

皐織は鋭く息をのんだ。

脩は勃起していた。自分のものとは比べものにならない大きさの性器が、固く張りつめ、腹につくほど反り返っている。

脩は人型なのに、まるで盛りがついた獣のように、自分に襲いかかっているのだ。

「やっ、脩……お、願い……っ」

皐織は脩を正気に戻そうと、懸命に呼びかけた。

それでも脩は、その声がまるで聞こえていないかのように、皐織にむしゃぶりついてくる。

シャツが邪魔だとばかりに破かれて、下着ごとスラックスも取り去られた。

「いやだ、脩……っ、お願いだから、やめて！」

皐織は必死に脩の身体を押し返した。それでも、本気を出して暴れることはできない。

いつ、脩の傷が開いてしまうかと思うと恐ろしかった。

本当なら誰かを呼んで、病院へ連れていくべきだ。なのに、こんな事態に陥って、どうしていいかわからなかった。家の者に助けを求めれば、脩がよけいに傷つけられてしまうかもしれない。

「やっ、やあ、……っ」

脩は胸を舐めまわし、乳首を口に含んでちゅうっと吸い上げてくる。その上、ぷっくりとなった乳首に歯まで立ててきた。

「あっ、ううっ」

怖いのに、何故か身体の芯《しん》が疼《うず》いてくる。

脩はまるで面白い玩具でも見つけたように、皐織の乳首を弄《もてあそ》ぶ。そして、それに飽きると、さらに下へと熱い舌を滑らせてきた。

「いやだよ、脩……なんか、もぞもぞする……っ」

皐織は胸を喘がせながら訴えた。

脩が何をしようとしているのか、まったくわからないほどの子供じゃない。でも、具体的に何が起きようとしているのかまでは知らなかった。

「やっ、ああっ……ぅ」

下腹をねっとり舐めていた脩の舌が、まだ未熟な性器に到達する。腰を思いきりくねらせたのに、ちゅるりと全部脩の口で咥えられてしまった。

「や、あっ……っ」

皐織はたまらず、腰をぐんと突き上げた。

初めての感覚が怖い。でも、気持ちのよさがその恐怖を上まわった。

必死に逃げ出そうと身をよじっても、脩の手ですぐに押さえられてしまう。そのうえ脩は、皐織の中心にねっとり舌まで絡ませてくる。

「やん、や、あっ……ぅ、くっ」

皐織は生まれて初めての口淫に、ぶるぶると身体を震わせながら泣き叫んだ。

怖いのに気持ちいい。

こんなことをするのは間違っていると思うのに、脩の口が動くたびに、熱く身体を震わせる快感が押し寄せてくる。

「やっ、あ、……んぅ、やぁぁ……っ」

皐織は長くは保《も》たなかった。

腰の奥からじわりと噴き上がってくるものを我慢できず、びゅくっと勢いよく脩の口に出してしまう。

涙がいっぱい溜まった目を怖々開けて見ると、脩は皐織が吐き出したものを、ごくりと美《う》味《ま》そうに飲み干していた。

「やだ、そんなの……汚いのに……」

皐織はいやいやをするように首を振った。

すると脩は、にやりと笑いながら、自分の舌でべろりと唇を舐めている。

一滴も残さずに味わってやる。

そう言われている気がして、皐織はいちだんと身体を震わせた。

無理やり解放に導かれ、下半身が痺《しび》れたように動かない。

なのに脩はまた手を伸ばしてきた。両方の手で腰をつかまれ、ぐるりとうつ伏せにされてしまう。

「やだよ、脩……っ」

皐織は懸命に抗議したが、脩はふさふさの尾をバサリと揺らしただけだ。狼の耳がピンと立ち、青い目がさらに熱を帯びたように爛々と輝いていた。

何か言ってくれればまだ安心できるのに、脩は時折くぐもった呻きを上げるだけで、他にはひと言も口をきかなかった。

まるで本物の狼になったかのような様子だ。

だから皐織は自分のことより、脩のほうが心配だった。

脩がおかしくなったのは、瀕死の重傷だったからだ。それに霊珠の《力》を身近に感じたのも初めてなのだろう。

ぼんやりとだが、皐織は理解していた。

自分はきっと脩の命名者になったのだ。そうじゃなければ、霊珠があんなに光るわけがないし、脩の快復も異常だと思えるほど早かった。

だけど、よけいなことを考えていられたのは、脩の手が腹の下に差し込まれ、腰をくいっと持ち上げられるまでの間だった。

「やだ、っ」

両足までぐいっと広げられ、皐織は腰をうねらせた。

でも脩の手でがっしり押さえられているので、逃げようにも逃げられない。

そのうち、脩の手が恥ずかしい場所まで伸びてきて、ひくっと息をのんだ。

排泄《はいせつ》に使う場所なのに、脩の指がそこをこじ開けようとしている。

いよいよ切羽詰まった状態になり、皐織は必死に逃げ道を探した。

だが、脩の拘束からは逃れられず、あろうことか秘所に口までつけられてしまう。

「やあぁ、っく」

ぴちゃりといやらしい音とともに、そこを舐められて、皐織は懸命に羽根枕に縋りついた。

脩は唾液《だえき》をまぶすように舌を使い、乾いた場所を湿らせていく。

試すように尻たぶを揉《も》まれ、くいっと狭間《はざま》を広げられて、またねっとりとそこに舌を這わされた。

「やだよ、脩……いやだ、そんな恥ずかしいこと、しないで……っ」

枕にしがみつきながら、皐織は懸命に首を後ろに向けた。

しかし、脩が元に戻ってくれる気配はまったくない。

そのうち脩は、ぺろりと自分の人さし指を舐め、それを濡れた狭間に無理やり押し込んできた。

狭い場所が無理やり広げられ、長い指が奥までこじ入れられる。

「あ、……あ、くぅ……」

どんなに首を振っても、逃げようがなかった。

異物に犯される感覚がたまらない。それでも唾液で濡らされていたためか、覚悟したほどの痛みはなかった。

「やだ、脩……っ、もう、やめて……っ、やだ、怖いよ」

皐織は嗚咽を上げながら懇願したが、脩は無言で指を掻き回しただけだ。

ぐるり、ぐるりと回されると、初めはぎちぎちだった場所が少しずつゆるんでくる。

それと同時に、身体の奥でおかしな感覚も芽生えていた。

なんだかわからないものが、迫り上がってきて、いつの間にか、また中心が芯を持ち始めていた。

「やあぁ……っ」

静かな部屋に響く自分の声が、徐々に甘くなっている気がする。

どうしてこんな無体な真似をされているのに、そうなるのかわからない。

でも、皐織はどこかで思っていた。

脩が相手なら、何をされてもいい。脩だったら、何をしてもいい。

指が増やされて、さらに後孔《こうこう》を掻き回される。そのたびに身体が熱くなって、息が絶え絶えになった。

「あ、ふっ」

ぬぷっと指が引き抜かれた瞬間、皐織はひときわ大きく腰を震わせた。

これで解放される。

一瞬安堵に浸ったけれど、また脩にぐいっと腰を抱え直される。

ぬるぬるになった蕾《つぼみ》に何か熱いものが押しつけられて、皐織はいっぺんに正気に戻った。

熱く滾《たぎ》ったものは脩の性器だ。自分のものとは段違いに獰猛《どうもう》な形をした脩が、ほぐされた後孔に狙いを定めている。

「いやだ、脩……っ」

必死に逃げ出そうとした瞬間、ぐいっと硬い先端をねじ込まれる。

そのままぐうっと容赦なく、長大なものを奥まで入れられた。

「い、やぁぁ――――…………っ！」

悲鳴を上げても、まだ滾ったものが進んでくる。

狭い場所を無理やり広げながら、奥の奥まで犯された。

「……うぅ……ぅ」

皐織は弱々しい呻きを上げながら、そのまま意識を失っていた。

6

皐織が意識を取り戻したのは、午後の陽射しがベッドまで届く頃だった。

気がついてまぶたを開けたのはいいけれど、あまりの眩しさですぐに目を眇めてしまう。

そして皐織はふっと昨夜の出来事を思い出した。

「脩！」

慌ててベッドから上半身を起こすと、腰の奥に鈍い痛みが走る。

皐織は顔をしかめながら、脩に襲われたことも思い出した。

さっと室内に視線を巡らせたが、脩の姿はどこにもない。それに、血だらけだったはずのベッドは清潔そのものに整えられ、自分もしっかりパジャマを着せられていた。

誰かに世話をされたのは確実で、皐織は激しい羞恥にとらわれた。

でも、それもほんの一瞬のことで、脩がどこへ行ったのか、怪我がどうなったのか、不安のほうが上まわった。

無理やり犯された後孔がまだ痛むが、皐織は歯を食い縛ってベッドから下りた。

クローゼットまでのろのろ歩いていってパジャマを脱ぐ。そして、クローゼットからブルーのスタンドカラーのシャツと、白のパンツを取り出して着替える。

不快感はまったく残っていないが、本当は一度シャワーを浴びたかった。だが顔を洗う暇さえ惜しくて、髪に手櫛《てぐし》をとおして自室を出る。

求めているのは脩の姿だけだ。

あの深手で外に出かけたら、脩は死んでしまうかもしれない。だから、懸命に屋敷中を探し回った。

「ねえ、脩は？　どこにいるの？」

廊下の途中で行き会ったのは年配の家政婦だ。皐織は勢い込んで訊ねたが、家政婦は首を横に振るだけだ。

「皐織様、お部屋にお戻りになって、お休みください。あんなひどい目に遭われたのに、歩き回られるなんて、無茶ですよ？」

眉をひそめた家政婦に、皐織は真っ赤になった。

この口ぶりでは、自分の身に何が起きたのか、全部知られているらしい。

それでも皐織は恥ずかしさを堪え、矢継ぎ早に問いを重ねた。

「脩はどこ？　まだ屋敷にいるんだよね？　どこに行ったの？　怪我は？　お医者様、呼んでくれた？」

「あのような不埒者《ふらちもの》、皐織様がご心配なさる必要はございません。放っておかれませ」

「いやだよ、そんなの！　脩は大事な友だちなんだから！　ねえ、どこにいるか、教えて」

思わず声を荒げた皐織に、家政婦は気まずそうに眼差《まなざ》しをそらす。

「旦那様がご帰宅で、たいそうご立腹です」

「兄様が……」

皐織は声を震わせた。

父が亡くなったあと、長兄の諸仁が九条家を継いだ。

その長兄に見つかってしまったなら、脩はどんな目に遭わされていることか……。

「どこ？　兄様は脩をどこへやったの？」

いやな予感に襲われながら、皐織は再び問い詰めた。

家政婦はゆるく首を振っているだけで、答えようとはしない。

ちらりと同情めいた表情が見え、皐織はその場で凍りついた。

「……まさか、兄様は脩を……、こ、殺して、しまわれた？」

最悪の想像に、細い身体がゆらりと揺れる。

家政婦はさっと皐織を支えながら、ようやく情報を明かしてくれた。

「殺してなどおられませんよ。でも、あの者のほうが保たないかもしれませんね。旦那様は地下室にいらっしゃいます」

脩はまだ生きている！

だが、長兄が地下室で何をしているかと思うと、素直には喜べなかった。

†

脩は両手を革ベルトで縛られ、天井から太い鎖で惨めに吊《つる》されていた。

屋敷の地下に設けられていたのは、武闘訓練にでも使うような場所だった。体育館と違うのは、床がコンクリートの打ち放しになっていることか。汚れたところなど見当たらないが、過去にはここで相当の血が流されたようだ。

上半身裸の脩の身体には無数の傷跡があり、間断なく痛みに襲われている。

しかし、一番痛んでいるのは心だった。

吊された脩を前にして、猛獣を操る時に使う鞭《むち》を持って仁王立ちになっているのは、九条家の新当主、諸仁だった。

スーツを着て端整な顔立ちをしているが、表情は冷酷そのもの。子供の頃に一度だけ対峙《たいじ》した九条家の殿様に雰囲気がよく似ていた。

まわりでは数人の黒スーツの男たちが、主《あるじ》の様子を見守っている。

「葛城脩……おまえが犯した罪の重さ、まだまだ自覚が足りないようだな」

低く押し殺した声とともに、怒りを乗せた鞭が振るわれる。

「くっ……ぅ」

背中に火箸を当てられたような熱さで、脩は呻き声を漏らした。

堪えようのない激痛は、そのあとじわじわとやってくる。そして打たれた背中の痛みに連動するように、神社で狼に負わされた深手が、悲鳴を上げそうなほどに痛んだ。

内臓まで食い破られ、ほとんど致命傷だったはずだが、それは皐織が治してくれたのだ。なのに正気をなくしていた自分は、その皐織を犯してしまった。

あの時の自分は人型だったはずなのに、完全に獣だった。それも誇り高い狼ではなく、ただ本能に突き動かされるだけの最低の獣。

皐織の中に射精して、天にも昇るような快楽を得て、そのあと脩は初めて正気に戻った。

あの瞬間の絶望は、筆舌に尽くしがたい。

何故、助けてくれた皐織を襲ったのか、どうして皐織を犯してしまったのか、どう後悔しようと遅かった。

そもそも深手を負ったからと言って、皐織に会いに行くべきではなかったのだ。

神社から九条の屋敷まで何キロもあったのに、だらだら血を流しながら歩いていたこと自体がおかしかった。

気を失った皐織から凶器を抜き取り、そのあともずっと後悔にまみれながら、皐織を抱いていた。

そばに霊珠が転がっており、そこから強い《気》が流れてくるのを自覚した。元を辿れば、それは皐織が発している《気》だったのだ。

今まで霊珠のことなど馬鹿にしていた。だから、最初は何が起きたのかも把握できなかった。

完全に致命傷だと思っていた傷が、恐ろしい勢いで快復しているのを自覚するまで、何もわかってはいなかった。

目の前に立っている九条家の新当主が怒るのも無理はない話だ。

大事な弟を穢《けが》され、しかも、自分の二番目の命名者となるはずの皐織を奪ってしまったのだから、その場ですぐに咬み殺されなかっただけ、ましというものだろう。

「まったく、何を考えている？　しぶとい奴だ」

冷酷な声とともに、また鞭で打ち据えられる。

「ウッ……」

反動で身体が大きく揺れ、鎖がジャランといやな音を立てた。

情けない話だが、抵抗しようという気はまったくなかった。

罪を犯したのは自分であって、制裁を受けるのは当然のことだ。

だいたい敵が六人だった時点で、つまらないプライドなど捨てて、さっさと逃げ出していればよかったのだ。

あれぐらいの人数ならなんとかなる。なんの根拠もないのに、そう考えていた自分が愚かしくて滑稽《こっけい》だった。

皐織にあんなことをしでかしてしまうなら、さっさと尻尾を巻いて逃げればよかった。

皐織を襲ってしまうぐらいなら、あいつらに泣いて許しを請うたほうがましだった。

大事にしていたのだ。会える回数が減って、どうしようもなく寂しく思うほどに……。

天杜村で初めて出会った時から、皐織にはどんなに慰められてきたか……。

いつも会いたがっていたのは皐織じゃない。むしろ自分のほうが皐織を必要としていた。

それなのに、あんな目に遭わせてしまった。

どんなに後悔しようと、すべては遅すぎる。

たったひとつ残された宝物のように大切で、できればずっと自分のそばに置いて見守ってやりたかった。

なのに、皐織に怖い思いをさせてしまった自分が許せない。

しかも、皐織を犯して圧倒的な快楽を得たことが、いまだに忘れられないのだ。

あのまま皐織を自分だけの番として、ずっとそばに置きたい。そして夜な夜な可愛がって子種を注ぎ込んでやりたい。

そんな妄想《もうそう》まで抱《いだ》いてしまった自分を、自分の手で殺してやりたいほどだ。

「貴様など、さっさと追い払っておくべきだったのだ。貴様が天杜村に来た時、父は哀れと思って温情を示した。私が当主だったなら、即刻排除を命じたものを」

諸仁はまだ怒りが収まらない様子で、長い鞭をしならせる。

さっさと虎に変化して、自分を咬み殺せばいいものを、ずいぶんと悠長な……。

脩は自嘲のあまり、そんな皮肉なことまで考えていた。

唸りを響かせながら、また鞭で打たれる。

「くっ！」

持続して痛みを与えられると、そのうち痛覚が鈍くなってくる。脩は打ち下ろされる鞭に備えることもなく、ただだらりと身体を弛緩《しかん》させていた。

「言い訳すらなしか。おまえのしぶとさには呆れるな」

反応を示さない脩に苛立《いらだ》ち、諸仁が再び鞭を振り上げる。

異変が起きたのは、その直後だった。

「いやぁ――――っ！」

地下室中に響き渡った悲鳴に、脩は思わず目を見開いた。

ドアから全速力で走ってきたのは皐織だ。

「皐織！」

諸仁が驚きの声を上げる中、皐織はまっしぐらに鎖で吊された脩の元へと駆け寄ってきた。

そして脩の下半身に抱きつくと、きつい眼差しで長兄を睨む。

「兄様、これ以上脩にひどいことをしないで！」

「皐織……おまえはこの男に……」

皐織の抗議に、諸仁は驚き呻くような声を出す。

「脩はひどい怪我をしてるのに、こんな真似をするなんて、いくら兄様だって許さない」

皐織にはなんの力もない。なのに一歩も退《ひ》かずに兄をやり込めている。

あんな目に遭わせたのに、まだ自分を庇《かば》ってくれる皐織に、脩は涙が出てきそうだった。

「皐織、これは当然の罰だ。私は天杜村の一族を統べる九条家の当主として、この者に罰を与えている」

諸仁はようやく己を取り戻したように、冷ややかな声を放った。

可愛い弟を穢されて激怒していた男とは打って変わり、どこまでも冷酷な悪魔といった雰囲気だ。普通の人間なら一瞬で怯んでしまうだろう声だが、皐織は恐れる様子を見せない。

「脩は天杜村の一族です。生まれた場所は違うかもしれないけれど、ずっと天杜村で育った仲間です。なのに兄様は、脩を襲った者は放っておいて、脩だけを責めるのですか?」

脩は皐織の強さに圧倒される思いだった。

「皐織、これはおまえが口を出すべき問題じゃない」

「いいえ、ぼくは脩の命名者になった。だから、これからは脩と、ずっと一心同体です。脩にいわれのない暴力が振るわれているのに、黙って見過ごすことなんかできない」

皐織はそう言う間も、ひしと脩の腰に抱きついている。

諸仁はその様子を不快げに眺めながら、再び口を開いた。

「なるほど……それがおまえの出した答えか……。だが、許すわけにはいかない。この男が天杜の一族だというなら、九条が下した決定に従う義務がある。おまえという替えのきかない候補者を横合いから盗んだ罪も、贖《あがな》う義務がある」

「そんな……だって、あれは不可抗力だったのに……っ」

皐織は激しく首を左右に振ったが、諸仁はなおも追撃の手をゆるめなかった。

「その男を一族だと認めれば、天杜の者はその男が運んできた禍《わざわい》をも引き受けることになる。北米の狼がずいぶんな数、国内に入り込んできた。奴らはいつ、我らを襲ってくるかわからない。それも一番に襲われるのは弱い者たちだ。それでも、おまえはその男を助けろと言うのか？」

冷え冷えとした言葉に、さすがの皐織もきゅっと唇を噛みしめている。

一族に害をなす恐れがあるなら、その素《もと》を排除する。

それは当然のことだった。自分が群れの長でも、同じ決定を下す。

「皐織……もういい……」

脩は静かに声をかけた。

すると皐織がはっとしたように見上げてくる。

目にいっぱい涙を溜めた皐織に、脩は胸を衝《つ》かれた。

「だって……脩は……」

脩はゆっくり首を左右に振って、皐織の言葉を止《とど》めた。

皐織はまだ何か言いたげだったが、脩は諸仁に視線を移す。

「俺は自分がしでかした罪の重さを知っている。だから、どんな罰を受けようと、文句を言う気はない」

脩は淡々と言ってのけた。

しかし、殊勝な言葉は逆に、諸仁の怒りを再燃させたかに見える。

諸仁はことさら尊大にかまえ、にやりと口元を綻ばせた。

「そうか、自ら甘んじて罰を受けようとは、なかなかの心構えだ。いいだろう。傷つけられた皐織自身もおまえを庇っている。ここは皐織の顔を立てて、おまえに条件を出してやろう」

いかにも裏がありそうな言葉に、脩は吊されたままで身構えた。

皐織も足元で緊張したように身を固くしている。

「宮司から、おまえの進路について相談された時に聞いたが、おまえが医学部に入ったのは、天杜村に残った者のためだそうだな?」

無言で頷いた脩に、諸仁はわざとらしく片眉を上げてみせる。

「いい心がけだと褒めてやりたいところだが、それは的外れな美談だな。天杜村に医者は必要ない。いざとなれば、村人全員、強制的にこちらへ移住させればすむ話だ」

嘲《あざけ》るように言った諸仁に、脩はかっと怒りに駆《か》られた。

今、天杜村に残っている人たちは、自らそうすることを選択したのだ。なのに、その意思を無視して、無理やり移住させるなど、許せない。

「しかし、せっかく難関といわれる医学部に合格したのだ。大学を辞めろとは言わん。今までどおり学費も九条がもってやる。天杜村への出入りも許す。おまえの敵にもこちらで話をつけてやろう。だが、ひとつ条件がある。おまえは二度とこの屋敷に近づくな。皐織にも二度と会わせない。その条件がのめないなら、おまえは即刻追放だ。どこへでも好きなところへ行ってのたれ死にするがいい」

「兄様、ひどい！」

皐織がすかさず悲痛な声を上げる。

脩も少なからず打ちのめされていた。

天杜村の直景や、まだ小さい真白、それに気のいい年寄りたちの顔が次々と脳裏に浮かぶ。

しかし、彼らに会う選択をすれば、皐織には二度と会えなくなる。今までのようにこっそり訪ねることもできなくなるだろう。

そして呈示された条件を拒否したとしても、皐織に関しては同じことだった。

皐織を失うことを想像するだけで、胸が抉られたように痛みを訴える。

冗談じゃない。皐織は俺の番だと、大声で喚《わめ》いてやりたかった。

だが、その皐織を傷つけたのは、他の誰でもない、自分自身だ。

皐織を守ってやりたければ、自分が近づかないのが一番だ。

条件を出すまでもない。皮肉な結果に笑ってしまいそうだった。

「わかった。この屋敷には二度と近づかない。皐織にも会わない」

倄はこんな結果を招いてしまった自分自身を呪《のろ》いながら、声を絞り出した。

「いいだろう。それなら、おまえを解放してやろう。万一約束を違《たが》えたら、その時は有無を言わさずおまえを咬み殺す」

諸仁は低い声で倄を脅し、手にした鞭をそばにいた男に渡す。

倄の足元では、皐織がわなわなと震えていた。

「倄……どうして……?」

皐織の目には傷ついたような色がある。

倄が自分から会わないと言ったことが、信じられなかったのだろう。

それに、倄が得をするほうを選んだと思ったのかもしれない。

諸仁の合図で、数人の男たちが倄の鎖を外しにくる。

足元でべったり座り込んでいた皐織は、その男たちに腕を取られ立ち上がらされた。

ガチャガチャ耳障りな音を立てながら鎖が下ろされ、手首の枷《かせ》も外される。

倄はやっと床に両足をつき、その場で呆然としている皐織に向き合った。

「皐織……傷つけて悪かった」

掠れた声でそう言うと、皐織はふいに涙を溢れさせる。

「そんなの、どうでもいい！　脩、……っ、どうして兄様にあんな約束……っ！」

皐織はたまらなくなったように、抱きついてきた。

だが、脩は断腸の思いで、皐織の身体を自分から引き剝《は》がす。

「じゃあな」

他にかける言葉も見つからず、それだけ言って脩は歩き出した。

「いやだ、脩。こんなの、いやっ！　脩！」

背後で皐織が子供のように泣き叫んでいる。

脩はぎりぎり痛む胸を抱えながら、ゆっくりと歩を進めた。

咬みちぎられてしまいそうだった足には、まだろくに力が入らない。それでも、奥歯をぎりっと嚙みしめながら前に進んだ。

これは全部、皐織のため。

誰よりも、何よりも大切な皐織のためだ。

だから脩は、一度も後ろを振り返らなかった。

†

久しぶりに帰ってきた天杜村《あまとむら》は、ずいぶんと寂《さび》れて見えた。

直景《なおかげ》には帰郷することを電話で伝えたが、迎えは断った。

路線バスはとっくに廃止となっており、天杜村に入るには車を使うしかないのだが、脩《しゅう》は一本道をひたすら歩いた。狼《おおかみ》に変化《へんげ》すれば、なんということもない道のりだが、人間の足で歩ききるのはさすがに大変だ。

ダムの建設計画は途中で廃止となったものの、多くの住人が天杜村を出ていった。村に残ったのはほとんどが老人だった。若い者と違い、今さら都会へなど移りたくない。先祖伝来の土地で余生を送りたい。そう望んだ者たちだ。

村の中央を走る道には、走っている車もない。営業している店もすでに三軒ほどに減っている。

脩は陽《ひ》もとっぷり暮れた頃《ころ》に、ようやく天杜神社に到着した。

鳥居をくぐって境内に入ると、清浄な空気に包まれる。

北米で暮らした年数とここで費やした時間は、ほぼ同じぐらい。赤ん坊の頃の記憶などないから、脩にとって天杜村のほうが懐かしい故郷という感じだ。

境内の清掃は相変わらず行き届いているが、拝殿や社務所はどことなくくすんで見える。これも村人が極端に減ったせいだろう。神社を管理していくには色々と人の手がいるのだ。直景の負担を思うとため息が出る。

脩は社務所の裏手へと進み、懐かしい我が家の戸をがらりと開けた。

「ただ今」

声をかけると、すぐに奥から直景が走り出てくる。

「お帰り、脩。電話してくれれば迎えに行ったのに。ここまで大変だっただろう」

「いや、別にたいしたことなかったよ」

脩は言葉少なに答えたが、しばらく見ぬうちにすっかりやつれてしまった直景の姿に、胸が痛くなった。

白皙《はくせき》の顔には明らかに疲れが見える。神社での仕事は減っているはずなので、直景はおそらく残った村人の面倒をみるので忙しいのだろう。

「さあ、入って。夕飯食べるだろ？　脩がいつ帰ってきてもいいように、用意しておいたんだ。もっとも、最近は村の人たちに分けてもらったものばかり食べているけどね」

「手伝おうか？」

「大丈夫。真白《ましろ》が手伝ってくれるから、脩は居間でゆっくりしてるといい」

直景はそう言いながら台所へと戻っていく。

真白は直景が面倒を見ている子供だった。生まれた時、村にはすでに命名者となれる者がおらず、脩が同級生を連れてきて命名の儀式を行った子だ。

「もう直景を手伝えるぐらいに大きくなったのか……」

脩はそんな呟《つぶや》きを漏《も》らしながら、居間に向かった。

自分の部屋もまだ残してあるだろうが、なんとなく客になったような気分だ。

座卓につき、ふうっと息をついていると、襖《ふすま》の陰からひょこっと顔を覗《のぞ》かせた子供がいた。

まだ五歳ぐらいの男の子だ。天杜村の風習に従って女の子用の着物を着ている。

脩は皐織《さおり》に初めて会った時のことを思い出し、目を細めた。あの時、脩は完全に皐織を女の子だと思ったものだが、真白も当時の皐織に負けず劣らず可愛《かわい》らしい。

「しゅう、おにいちゃん」

「真白か？」

「うん」

はにかみながら答えた真白に、脩は心を和《なご》ませた。

「大きくなったな、真白」

「うん、おちゃだよ、おにいちゃん」

真白はそう言って危なっかしい手つきで、湯気の立つ茶碗を載せた盆を運んでくる。傾きそうになった盆をすかさず押さえてやると、真白は可愛らしい顔に、にっこりとした笑みを浮かべた。そのまま脩の隣にちょこんと座り込む。

あどけない様子を見て、脩の脳裏にはまた皐織の面影《おもかげ》がよぎった。

守ってやるべき存在だったのに、脩は自分自身で皐織を引き裂いた。その罪の意識が重く

のしかかってくる。

「どしたの、おにいちゃん?」

真白は小さな手で脩の腕を押さえ、下から心配そうに覗き込んでくる。

「おまえは生意気に俺のことを心配してくれるのか? でも、なんでもねぇよ、真白」

脩は己の情けなさに胸のうちでため息をつきながら、真白の頭を撫《な》で回した。

「やん」

髪の毛がくしゃくしゃになり、真白は逃げ腰になる。でも、にこっと笑った顔は嬉《うれ》しげだ。

そうこうしているうちに、直景が食事を運んでくる。

「真白、大きくなっただろう?」

「ああ、びっくりした。子供は成長するの、早いんだな」

脩は直景を手伝い、料理の皿を座卓に並べた。

「脩もそうだった。最初にうちに来た時は、今の真白と同じぐらいだったのに、いつの間にか、私より大きくなってしまった」

「ここへ来た時の俺は、真白より大きかったよ」

「そうだったかな?」

直景は首を傾《かし》げながら問い返す。

座卓に並べられたのは、野菜の煮物やおひたしといった素朴な田舎料理だが、脩は懐かしさで胸がいっぱいになった。

子供の頃は、肉が食べたいなどと、罰当たりなことを考えていたのに。

寮暮らしが長くなったせいか、家族団らんの席というのが気恥ずかしくも感じた。

食事が終わって片づけも済むと、直景は真白に声をかける。

「真白、先にお風呂に入ってもう寝なさい。ちゃんと歯磨きも忘れずにな？」

「はぁい」

真白はそう答えて、跳ねるように廊下を走っていく。

「へえ、なんでもひとりでできるんだ」

「ああ、真白はほんとにいい子だよ」

直景はそう言って深く息をついた。

「あのさ、直景……俺、ごめん……」

脩は何から説明しようかと、呼びかけただけで言葉を途切れさせた。

皐織を陵辱《りょうじょく》し、九条《くじょう》家から永久に出入り禁止を申し渡された件は、すでに耳に入っているだろう。

育ててもらった恩を仇《あだ》で返すような真似《まね》をしたのだ。どんな言い訳をしようと、許されることではなかった。

「脩、話は聞いたよ。しかし、君だけが悪いわけじゃないだろう。私に謝る必要はないよ。

それに、怪我《けが》のほうはもう大丈夫なのか？」

直景は本気で心配そうに見つめてくる。

罵倒《ばとう》され、即刻家から叩《たた》き出されても仕方のないことをしでかしたのに、優しい言葉をかけられて、脩はますます身の置き所がなくなる。

「身体《からだ》はもうどこも悪くないよ」

皐織と番《つが》った時に、恐ろしいほどの《気》を取り込んだ。それで致命傷に近かった傷がけろりと治ってしまったのだ。諸仁《もろひと》に鞭《むち》打たれた時の傷も、本来の治癒能力の高さですっかり癒えている。

「それならよかった」

直景はほっと息をつきながら言う。

おそらく九条家からは、相当に責められたと思う。なのに、直景の愛情深さは変わらない。

「直景……ほんとにごめん。心配させて悪かった」

「いや、いいんだ。それより、ここに戻ってきたのは両親のことを聞くためだろう？」

「うん、まあそうなんだけど」

脩が曖昧《あいまい》に返すと、直景はまたひとつため息をつく。

「最初からちゃんと説明しておけばよかったね。だけど、まだ小さかった君に負担をかけてはいけないと思って」

「それはわかってる。俺を守るためにそうしてくれたんだろ?」

直景は深く頷《うなず》く。

そして居住まいを正すようにして話を始めた。

「君のお父さんは北米の種族すべてを統《す》べるほどの力を持つ王だった。お母さんは日本の葛城《かつらぎ》一族の出身だ。葛城は九条と同じような立場の家で、君のお母さんは直系のひとり娘だった。しかし、皐織様と一緒で、獣の本性は持っていなかった。私は大学の頃に彼女と知り合ってね、それ以来友人関係を続けていたんだ。彼女から、非常に危険な状態にあるので息子を助けてほしいと連絡があって、私は急いでアメリカに向かった。けれど、間に合わなくて、君のご両親は殺されてしまった。無力な自分をどれほど情けなく思ったか……」

直景は悔しげに唇を震わせる。

両親が引き裂かれた時のことは、今でも鮮明に覚えていた。

父は巨大な狼の姿で戦っていた。多勢に無勢。あの時、いったい何頭の狼が父を襲ったのか、わからない。しかし、数はさほど問題ではなかったはずだ。なのに、王と呼ばれるほどの力を持っていたにもかかわらず、父の動きは鈍かった。まるで見えない縄で雁字搦《がんじがら》めに縛られているかのように、動きがぎこちなかったことを思い出す。

母は脩を物陰に隠し、それから狼たちの注意をそらすために、自ら争いの場へと飛び出していった。

たとえ隠れていたとしても、狼の鼻ならいくらでも居場所を探し出せる。だが、あの時あたりに漂っていたのは、きつい花の芳香だった。母が脩の匂いをごまかすために、大量の香水を撒《ま》き散らしたのだ。

そして、狼たちが引き揚げていったあと、呆然《ぼうぜん》としていた脩の前に、蒼白《そうはく》な顔をした直景が現れた。

「君のご両親を襲ったのは、同じ仲間だった者たちだ。電話ではあまり詳しく説明を聞いている暇はなかったが、人間と取引した者たちがいたらしい」

「人間と取引？」

「ああ、普通の人間という意味だよ。狼に変化できる者がいることを知った男は、その強い《力》に目をつけた。運動能力もそうだが、君たちは最初から高い治癒能力を持っている。男はその《力》を欲したのだ。いずれは狼の《力》を自分のものとするために、研究用の検体として、中でも一番強い者の血を欲しがった」

「研究用？」

胸の悪くなるような話に、脩は眉《まゆ》をひそめた。

「裏切り者が誰《だれ》かはわからない。だが、その男に買われた者は、なんらかの方法で君のお父さんの力を削《そ》ぎ、まんまと惨殺することに成功した」

「じゃあ、俺の父親の遺体は……」

脩は呆然と呟いた。

「脩、ごめん。私の力では、君を連れ出すだけで精一杯だった。それに、お父さんだけじゃないんだ。葛城の血を引くお母さんも……」

「殺してやる！」

脩は怒りのあまりぎゅっと爪《つめ》が食いこむ勢いで両手を握りしめた。

「脩、駄目だよ！　君はそんなことに巻き込まれちゃいけない！」

顔色を変えた脩に、直景はざっと転げるように抱きついてきた。

しかし怒りに塗り潰された脩は、そう簡単に自分を取り戻すことはできなかった。

「教えてくれ。どこに行けばいい？　どこに行けば俺の両親の遺体を取り戻せる？」

脩は悲痛な声を上げたが、直景は必死に首を振るだけだ。

「それはいいんだ。君の代わりに研究所を焼き払った者がいたそうだ。全員が王を裏切ったわけじゃない。最後まで王についていた者たちが、恐ろしい研究に着手していた奴《やつ》らを一掃した。研究所を焼き尽くして、ちゃんと君のご両親の尊厳を守ったと聞いている」

脩はふと思い出した。

雨の日に接触してきた同族。もしかして、彼らが研究所を焼き払ったのだろうか？

今さら、あの時もう少し詳しく話を聞いておけばよかったと後悔の念に駆られる。しかし、すべてはあとの祭りだ。

「……小さい頃から、父や母を殺した者には、この手で復讐《ふくしゅう》してやると思ってた。だけど、結局俺は何もできていない」

唇を震わせた脩を、直景は必死に宥《なだ》めにかかった。

「だから、脩。復讐なんて考えなくていいんだ。君の悔しい気持ちは痛いほどわかっている。でも、もう終わったんだよ。王を失った狼の一族は、今はばらばらの群れに分かれてしまったそうだ。そして誰が王となるかで常に争っている。去年接触してきたというグループと、今回君を襲ったグループ。どちらの目的も同じだろう。王の血を引く脩の強さをあてにして、自分たちの陣営に加えたかったのだと思う。このまま彼らを放置しておけば、君はまた争いに巻き込まれる。しかし、九条家が介入し、脩にはいっさい手を出さないようにと釘《くぎ》を刺してくれた。だから、もう君を襲う者はいないはずだ」

「九条が俺を助けたというのか？」

脩は呻《うめ》くように言った。

確かに話をつけてやるとは言われたが、あれからまだ数日しか経《た》っていない。なのに、すべて終わっているとは、とても信じられなかった。

それに直景が把握していた情報も、九条家をとおして得たものだろう。

九条の持つ力がどれほどのものか、空恐ろしくなると同時に、鼻先であしらわれてしまったことが悔しくてたまらなかった。

皐織が泣いて頼んでくれたから、助けてもらえた。

結局、自分は皐織を傷つけただけで、何ひとつとしてできなかった。

情けなさで全身に震えがくる。そして、不甲斐《ふがい》ない己に腹が立って、まぶたの裏が真っ赤になるようだった。

「脩、頼むから冷静になってくれ。君を危ない目に遭わせては、私は君の両親に顔向けできなくなる。君だけは絶対に失えない。だから、お願いだ。今回の事件は腹に収めてくれ、脩」

直景は涙を滲《にじ》ませて訴える。

脩は、はっとなった。

天杜村に引き取られて以来、直景に感謝しない日はなかった。

その直景の涙を見てしまうと、もう何も言えなくなる。九条家との間に立って、今までどれほど苦労させたかと思うと、申し訳なさで胸が一杯になった。

自分のことばかり考えていたが、勝手な真似をした結果、どれほど直景を泣かせたかと思うと、さらに情けなさが募ってきた。

「ごめん……俺のために……ごめん」

「いいんだ。私のことならいいんだ」

「俺みたいなのを引き取って、面倒見てくれたせいで」

「脩……私は脩と暮らせてよかったと思っている。苦労だなんて思っていない。君さえ無事でいてくれるなら、それでいいんだ」

直景は涙を見せたことを恥じるように、指先で顔を拭《ぬぐ》った。

いつの間にか、自分よりうんと華奢《きゃしゃ》になってしまった養父を、脩は目が痛くなるほどの勢いでじっと見つめた。

両親の復讐を遂げる。

そのために、今まで生きてきた。

けれど、その道が断たれれば、他に残っている道はない。

だが、直景の必死な姿を見ていると、これで終わりではないのだと思えてくる。

今までは直景が守ってくれた。だったら、今度は自分が直景を守る番だ。

皐織を守ってやりたくて、逆に傷つけてしまった。そんな自分には偉そうなことを言う資格はない。それでも、まだ自分にだってできることはあるはずだ。

「直景……俺、立派な医者になって、絶対に天杜村に戻ってくるから」

ぽつりと口にすると、直景はまた泣きそうに目を細めた。

「脩、医者になるからといって、無理をする必要はないんだよ？　天杜村はこれからますます過疎になっていく。そんな村にわざわざ帰ってこなくてもいいんだ。脩は好きな場所で好きなように生きていけばいい。それで、たまに顔を見せに来てくれれば」

直景の言葉に脩はゆっくり首を左右に振った。

「直景こそ無理するなよ。俺は必ず帰ってくる。直景だって、俺がそばにいたほうがいいだろ?」

少々照れ臭いながらもそう口にすると、直景は再び涙をこぼす。

今度はその涙を拭おうとする素振りもなく、ぼろぼろと泣いていた。

「脩、ありがとう……ありがとう……。嬉しいよ」

「だけど、直景はこれでまた九条に借りを作ることになるな」

脩がぶっきらぼうに吐き捨てても、直景はゆるく首を振るだけだった。

「すまない、脩。おまえの学費ぐらい、私が自分でなんとかしたいが……」

過疎化が進む前も、神社の収入は大して多くはなかったのだ。人口が激減した今は、日々暮らしていくだけで精一杯だろう。

「直景が無理をすることはないさ。正直に言うと、九条に学費を出してもらうこと、今までなんとなく癪《しゃく》に障ってた。でも今は、天杜村のためだと割り切ればいいと思ってる。九条は村の年寄りの気持ちを無視して、いざとなれば強制的に移住させると言ってた。そんなの許せない。だから徹底して学費をむしり取ってやる」

脩の言葉に、直景はようやく笑みを見せた。

「脩は相変わらずだな。それは言い過ぎだよ」

そう言った直景は、ふと思い出したように真顔になった。

「脩、学費のことはともかく、皐織様には……」

「わかってる。皐織にはもう近づかない」

皐織の名前が出て、脩は身を切られるような心地だったが、はっきりとそう口にした。

直景はすべてを察しているかのように、黙って見つめてくる。

その直景に向けて、脩は無理に笑みをつくった。

皐織に会えないのは、身を切られるようにつらい。

しかし、自分が皐織にしたことを思えば、それも当然の報いだった。

7

眩《まぶ》しい陽射しが降り注ぐ中、皐織はゆったりと構内を歩いていた。

大学生になって、ひと月余りが経った。最初は何もかもが珍しく、ふわふわ浮いているような気分を味わっていた新一年生も、ようやく地に足をつけて自分の道を歩き出したところだ。

「あの、九条さん……、よかったら、私たちとランチ、ご一緒しませんか？」

遠慮がちに声をかけてきた三人の女子学生に、皐織は強《こわ》ばった微笑を向けた。

「申し訳ないけど、ちょっと用事があるので」

やんわり誘いを断ると、女子学生たちはいっせいにため息をつく。皐織の美貌《びぼう》に目が釘付けで、なかなか視線を外そうとしない。

皐織は小さく会釈《えしゃく》してから歩き始めた。

すると、次には男子学生から声をかけられる。

「九条、俺たち今日は外のレストランに行くんだけど、おまえも一緒にどう？」

「ごめん。ちょっとやることがあるので」

断り文句はいつも一緒だった。男女の別もない。

特に人間嫌いというわけではないが、人とはあまり接触していたくない。皐織の中にある意識はそれだけだ。

三年前に脩と別れて以来、皐織はあまり笑わなくなった。

面立ちは、すごい美人だったといわれる母に、ますます似てきている。昔から可愛いとよく褒められていたが、子供らしさが抜けた今は、もっと美しさに磨きがかかったといった状態だった。

身長はさほど高くないが、ほっそりとバランスの取れた肢体。それに、さらりとした髪は、今はウエストあたりまで達している。何か根を詰めるようなことをやる時は、後ろでひとつに結ぶが、普段はそのまま背中に流していた。

焦げ茶のジャケットは裾《すそ》が短めで、共布のスラックスに、白のスタンドカラーのシャツを合わせている。服装の好みは父と長兄の影響で、かなりクラシック寄りだ。

他の学生たちとは根本的な違いがあり、人づき合いの悪さも手伝って、皐織は陰で、謎《なぞ》めいた美青年、あるいは単に謎めいた美人ともいわれているらしい。

昔はストレートに感情を表に出していたが、今はそれもない。声を立てて笑いたいと思うほど面白いことはないし、怒ったり泣いたりすることも、ほとんどなくなってしまったのだ。

これも全部、脩に裏切られた影響だった。

あの時の脩には選択の余地がなかった。

頭ではそう理解できても、感情がついてこない。

自分には一生会わなくてもいい。

そういう道を選んだ脩が信じられず、いまだに許せないと思っているのだ。

脩がそう望むなら、一緒に逃げてもよかった。九条の家など捨ててもよかったのに、脩はあっさり自分を切り捨てた。

幼い頃から脩は唯一心を許せる存在だった。家族と離れて育った皐織は、実の兄たちよりも脩に懐いていたのに……。

「無理やり抱いたくせに……番にするって、言ったくせに……」

脩のことを思い出すと、最後は必ずそんな繰り言を口にしてしまう。

本当は、忘れてしまえばいいいだけだ。子供の頃のことはいい思い出として、そして、あの夜のことは単なる事故だったと、記憶の底に沈めてしまえばいいいだけだった。

なのに、どうしても脩のことが忘れられない。

どうしても、諦《あきら》めることができなかった。

もう一度、なんとしても脩に会いたい。向こうから会いにこないなら、自分のほうから会いにいく。

そう決意したのは、皐織にとってごく自然な流れだった。

とは言うものの、脩は携帯の番号も変えてしまい、今は学生寮も引き払っている。天杜神社に連絡してみたけれど、九条からの手が回されているのか、脩の養父である宮司の口は重かった。

それに加えて、長兄の諸仁はいまだに皐織を溺愛《できあい》しており、ガードもますます厳重になっている。だから、皐織にはプライベートな行動を取る余地さえない状態だ。

皐織が選んだ最後の手段は大学だった。

脩が通う大学と同じところを受験したのだ。長兄は最後まで強硬に反対したが、皐織はがんとして譲らず、自分の意志を押しとおした。

もっとも、脩は医学部だったので、学部は違ったけれど、会おうと思えば姿を見るぐらいは叶《かな》うはずだ。

そして皐織は、今まさにその目的で、大通りを挟んだ向こうにある医学部のキャンパスを目指している。

今まで何度かトライしたが、タイミングが悪いのか、脩を見つけることはできなかった。今日はもっと周到に、脩が選んでいる講義を事前に調べてきたので、絶対に会えるはずだ。

皐織は久しぶりに気分が高揚するのを感じながら、大通りを横切った。

医学部のキャンパスは、この大学でも古い敷地を使っている。講義が行われている建物も、赤茶色の煉瓦《れんが》造りのクラシックなものが多く残っていた。

皐織が受けた一般教養の講義は時間より早めに終わったので、講義を終えて出てくる脩を待ち伏せる余裕もある。

今日こそは絶対逃がさないとばかりに、皐織は煉瓦造りの旧校舎の玄関で見張りを続けた。

チャイムが鳴ると、学生がぞろぞろ中から出てくる。皐織のまわりにいる一年生とは違って、皆が大人びている。

そして皐織はその学生たちの中に、とうとう脩の姿を発見した。

長身の脩は、大勢の学生に紛れていても、すぐにわかる。最後に会った時より、さらにひとまわりは逞《たくま》しくなった感じで、整った顔にも落ち着きと威厳が加わっていた。

服装は相変わらず気取りがなく、白地のプリントTシャツの上に黒のシャツを引っかけ、下も黒のジーンズという組み合わせだ。髪は自分で切ったのか、多少不揃《ふぞろ》いだったが、それで脩のかっこよさが損なわれるわけではない。

そして、細い黒フレームの眼鏡……。

あの眼鏡の奥に、時折青く光る双眸《そうぼう》が隠れているかと思っただけで、心臓がドキドキする。

脩の瞳の色が変わるのは、きっと自分だけが知っている秘密だ。皐織はなんの根拠もないのにそう確信し、かすかな優越感すら覚えた。

いよいよ脩が近くまで来たので、皐織はさりげなく一歩前へと進んだ。

「脩」

胸がドキドキするのを抑え、短く呼びかける。

だが脩は、皐織に目を留めることなく、そのまま歩み去ろうとしている。

いや、皐織の姿は絶対に目にしたはずなのに、無視したのだ。

「脩、待って！」

皐織は我知らず脩のシャツの裾をつかんで引き留めた。

それでようやく脩が歩みを止めたので、さっと前にまわって正面から顔を見上げる。

「脩が来てくれないから、自分から会いに来た」

皐織は頰《ほお》を紅潮させ、一気にそう打ち明けた。

しかし、脩の整った顔には、驚きの表情さえ浮かばない。

「こんなところまで、何をしに来た？」

「だから、脩に会いに……」

「迷惑だ。帰ってくれ」

ぼそりと呟かれた言葉が信じられず、皐織は目を瞠《みは》った。

「脩、ぼくは……」

「いいか、もう二度とこんな真似をするな」

信じられないことに、脩はそう吐き捨てただけで、歩み去ろうとしている。

皐織はかっと怒りに駆《か》られ、脩の腕をつかんだ。

「どうして？　なんでぼくを無視するの？　せっかく会いにきたのに……っ」

そうたたみかけながらも、泣いてしまいそうだった。

「だから、迷惑だと言っているだろう。おまえとはもう関係ない。だから二度と俺のところに来るな」

「だって、そんなの……」

「もっとはっきり言わないとわからないか？　おまえにまわりをウロチョロされると迷惑なんだ。俺は……、俺は、今の立場を失いたくない。九条の人間は今でも俺のことを見張っている。おまえに会ったと知れたら……、そう、おまえに会ったことがバレたら、俺は援助を打ち切られてしまう。だからもう俺のところには来るな」

脩は皐織の手首をつかみ、無理やり自分の腕から引《ひ》き剥《は》がす。

皐織は呆然となった。

脩がこんなことを言うなんて、信じられない。

皐織は、よく会いに来てくれたと、脩が抱きしめてくれることだけを想像していたのだ。なのに脩は、昔とまったく違ってしまった。

誰にも屈せず、あんなに誇り高かった脩が、九条の援助を打ち切られることを心配して、自分を遠ざけようとしている？

そんなの絶対に脩じゃない！　脩は絶対にそんなことをしない！

皐織は泣きそうに顔を歪《ゆが》ませた。

「じゃあな、……皐織……」

脩はそれだけ言って、さっさと歩いていってしまう。

大方の学生が行きすぎてしまうまで、皐織はその場を動けなかった。

背の高い脩の後ろ姿が遠ざかっていくのを、じっと食い入るように見つめる。

そうして、脩の姿が完全に視界から消えた時に、頬につうっと涙がこぼれていた。

†

大学からの帰り道、皐織はずっと考え込んでいた。

脩のあの態度、本当に脩は変わってしまったのだろうか？

屋敷の自室に戻ってからも、皐織はまだ脩の変化が信じられなかった。

脩には正義の味方みたいなところがあって、幼い頃からのその印象は変わらない。

あの脩が……小さな頃は何者も恐れなかった脩が、あんなことを言うなんて、絶対におかしいと思う。

仮に、本当に脩が変わってしまったのだとしても、このまま諦めることはできなかった。

それに脩は、長兄に強制されて九条の屋敷に距離を置くようになったのだ。

脩が医者になろうとしているのは、天杜村の人たちのためだ。

皐織には真似のできない立派なことを成し遂げようとしている。もしかしたら、脩はそのために、より慎重になっているのではないだろうか。

三年前に拒絶された時も、今日の昼も、皐織は自分のことで精一杯で、脩の立場など少しも思いやろうとしなかった。

もしかして、脩は天杜村の人々のために、長兄と交わした約束を守ろうとしているのだろうか？　だから、わざと自分を突き放した？

皐織の脳裏にはようやくそんな疑いが生まれていた。

もし本当にそうなら、落ち込んでいる場合じゃない。

自分はもう子供じゃない。大人になった。だから、脩のためにできることがあるなら、それをなんとしても見つけたい。

皐織は自室の椅子《いす》から立ち上がり、デスクの上の携帯を手に取った。

素早くボタンをプッシュして、長兄に直接電話をかける。

『どうした、皐織？　おまえから連絡してくるなど珍しいな。何かあったのか？』

携帯からはすぐに長兄の落ち着いた声が聞こえてくる。

皐織はこくりと喉《のど》を上下させてから、用件を切り出した。

「兄様、今日は何時頃、戻られますか？　お話ししたいことがあります」

『今夜は遅くなる予定だ。しかし、大事な話なら仕事を早めに切り上げて帰宅する』

「いいえ、大丈夫です。でも、遅くてもいいので話を聞いてもらえますか？」

『皐織、声が沈んでいるようだな。今すぐ屋敷に帰ったほうがいいか?』

諸仁は、皐織が命名者としての資格を失っても、ずっと甘やかしてくれる。子供の頃は長兄が怖くて苦手だと思っていたが、今の皐織は感謝していた。

もちろん、脩の一件は除いての話だ。

諸仁の命名者はあの事件のあと、いくらもしないうちに亡くなった。長兄はしばらく命名者なしで過ごしていたが、二年ほど前に、偶然命名者となってくれる人を見つけることができたのだ。

九条家の当主として、諸仁は大きな《力》を誇示しなければならないことがある。だから、皐織は自分の代わりの命名者が見つかったことを心から喜んだ。それでほんの少しは自責の念からも逃れていられたのだ。

「兄様、お仕事終わられてからで大丈夫ですから……待ってます」

『わかった。それなら今夜……』

「はい」

皐織は携帯を切り、ふうっとため息をついた。

うまく話せるどうか自信がないが、懸命にお願いして、脩の出入り禁止を解いてもらうつもりだ。

皐織は次に、次兄にも連絡を入れた。

次兄の嗣仁《つぐひと》は大学院に通っていたが、学業よりもモデル業のほうに力を入れ、最近では役者の仕事もこなしている。そして華やかな風貌の嗣仁は、相当な有名人になっていた。

「今夜、諸仁兄様と話をします。その時、嗣仁兄様にも立ち会ってもらいたいんですけど」

『おいおい、今夜だって？　ずいぶんいきなりな話だな。俺、今日は撮影のあと、顔を出したい場所があるんだけど』

「そうですか……それじゃ仕方ないですね。もし、その御用が早めに終わったら、よろしくお願いします」

『わかったよ、まったく……』

次兄はそうぼやきながら通話を終える。

嗣仁も、皐織を甘やかすことにかけては、長兄に負けないところがある。だから皐織の予測では、次兄は早々に帰宅するものと思われた。

「脩、待ってて。絶対に許可をもらうから」

皐織は決意も新たに、ようやく微笑《ほほえ》んだ。

†

その夜、九条家の家族が顔を揃えたのは、夕食の席でのことだった。

諸仁も嗣仁も、皐織のために仕事や用事を切り上げ、早めに帰宅したのだ。

広々としたダイニングで、長兄が家長の席に着き、皐織と嗣仁が向かい合っている。

最近では、こうして三人が顔を合わせる機会が極端に少なくなっていた。

メニューはフレンチのコース。カロリーの取りすぎにならないよう、料理長が工夫を凝らした前菜。それからスープはほんのひと口。そしてメインの鴨《かも》料理の皿がテーブルに運ばれてくる。

「それで、話とはなんだ、皐織？」

諸仁は上品に赤ワインのグラスを口に運びながら促す。

皐織は一拍おいてから、すっと長兄を見つめて話を切り出した。

「葛城脩のことです。あれから三年も経ちました。そろそろこの屋敷への出入り禁止命令、撤回してください」

前置きなしに一気に訴えると、長兄はひくりと眉を動かした。

次兄の嗣仁は、やれやれとでも言いたげに両手を広げている。性格からして、これから何が起きるのか、興味津々になっているのだろう。

「わざわざ私を呼び出してまで、その話がしたかったのか……」

諸仁はため息とともに冷え冷えした声を出す。

皐織はいっぺんに怯《ひる》みそうになったが、懸命に堪《こら》えた。

「ぼくなりに考えた末、お願いしていることです」

「おまえは彼に……葛城脩に会ったのか？」

諸仁の批判的な眼差《まなざ》しを、皐織は強く跳ね返した。

「脩が会いにきたわけではありません。ぼくが脩に会いにいったんです。でも脩には、もう会いにくるなと拒絶されました」

「だったら、それでいいではないか。何か問題でもあるのか？」

口調は丁寧《ていねい》だが、諸仁が静かに怒りを再燃させているのは明らかだ。

しかし皐織は、ここが正念場だと、兄から視線をそらさず言葉を重ねた。

「兄様、脩は三年間、一度も約束を破ったりしませんでした。今だって、天杜村の人たちのために頑張ってるんです。兄様には新しい命名者も見つかったのだし、もう脩を許してあげてください」

「皐織、あれが犯した罪はそれだけではない。可愛い弟を穢《けが》されたのだ。私は一生許したりはせん」

にべもなく言い切られ、皐織はぐっと奥歯を嚙《か》みしめた。

次兄は成り行きがどうなるのかと、面白そうに兄と弟の顔を見比べているだけだ。

「兄様、ぼくは傷ついてなんかいません。だからお願いです」

皐織は何度も何度も言葉を尽くした。

今ここで自分が頑張らないと、脩に会えない。そう思うからこそ必死だった。

「おまえは何故《なぜ》、あれのことでそんなに熱心になる？　まさか、あれを好きだ、などと言い出すのではないだろうな？」

ややあって、諸仁がふいに口調を変える。

皐織は虚を突かれ、心臓をどきりと高鳴らせた。

脩のことが好き？

それはどういう意味だろう？

脩は大切な幼なじみ。だからこそ、これからも普通に会って話がしたい。それだけだ。

「兄様が、何をおっしゃりたいのか、よくわかりません。でも、ぼくにとって脩は大切な人です。それだけは確かです」

皐織がそう言うと、諸仁は再び深い息をつく。

「おまえがそこまで言うなら仕方ない。今後、節度をもって行動するなら、あれを許すことにしよう」

「ほんとですか？　兄様！」

皐織は聞き違いではないかと、身を乗り出した。

こんなにあっさり長兄の許可が下りるとは、予想外の成り行きだ。

「おまえから、そう伝えてやるがいい。だがな、皐織……あれにはよくよく言い含めておけ。

九条家の者に逆らうことは許さん。我らに忠誠を誓え、となす」

「はい、わかりました！　ぼくから必ず！　あ、ありがとう、兄様。ぼく……ぼく、嬉しいです」

大喜びの皐織を、次兄の嗣仁は覚めた目で見据えている。そして、嗣仁はその目を自分の兄にも向けたが、皐織はそのことにはまったく気づかなかった。

ただ、喜びで胸がいっぱいだっただけだ。

これで、なんの遠慮もなく脩に会いにいける。

あの兄を説得できたのが信じられない。これは快挙と言っていい出来事だ。

そして皐織は、この知らせを持って会いに行ったら、脩がどれほど喜んでくれるかと、それだけが気になっていた。

†

翌日のこと。

皐織は早速、朗報を伝えようと、医学部の学舎に向かった。

昨日はもう世界が終わってしまうかと思ったほどなのに、今日はこんなにも希望に満ちている。やはり、臆《おく》したりせずに兄に話してよかったと思いながら、弾むような足取りで脩に会いにいった。

脩がどの講義を受講しているかは、すでに調べてある。すべての講義が終わったところをつかまえようと、医学部棟からもっとも近い門の近くで待った。

そして皐織は予測どおり、医学部棟から出てくる脩を発見した。

長身の脩はどこにいても目立つ。それに歩き方が他の学生とはまったく違って、しなやかだ。天杜村の豊かな自然の中を、銀の被毛をなびかせながらゆったりと優美に歩く脩が、どれほど美しかったことか。

人型で大勢の人間に紛れていても、独特の美しさは損なわれていない。

皐織はしばし、思い出の中の脩の姿にうっとりとなっていた。

だから、自分のそばをすり抜けていった者に気づくのが遅れてしまった。

「脩、久しぶり！」

脩のそばまで駆け寄っていったのは、若い女性だった。

OLなのか、黒のスーツにトートバッグを肩にかけている。身長はさほどでもないが、ヒールの高いパンプスを履いた足がすらりとして、かなりスタイルがいい。肩まで伸ばしたふんわりした髪がとても女らしく、目鼻立ちの整った美人だった。

「おお、来たか」

Tシャツの上からフライトジャケットを羽織った脩は明るい声を出しながら、飛びついてきた女性を抱き留めている。

心からの喜びを表すような笑顔を見て、皐織は胸がずきりと痛んだ。

その人は誰？

ぼくには、にこりともしてくれなかったのに、どうしてその人には満面の笑みを見せるの？

ふたりはひどく長い間、抱き合っているように見えた。

その間、脩は本当に愛しげに、ずっと女性を見つめている。

動揺のあまり、皐織はその場でぐらりと倒れてしまいそうだった。

自分以外の者に、あんなふうに笑いかける脩は見たくない。視線をそらしてしまいたいのに、それもできないのだ。

胸の底に何かどす黒い固まりのようなものが生まれ、ひたひたと皐織を浸食していく。

それが嫉妬《しっと》であることさえ気づかず、皐織はひたすらふたりを見つめ続けていた。

「脩、頑張ってるみたいだね。ますますかっこよくなって、ちょっとびっくりした」

「おまえも、すごくきれいになってて、見違えたよ」

「もう、そんなに褒めたって、何も出ないわよ？」

「いいさ、ほんとのことだから」

ふたりは久しぶりに会うのか、くったくなくそんなことを言い合っている。

そのうち女性のほうが、何気なく後ろを振り返った。

皐織のいる方向とはちょっと違っていたが、また心臓がどきりとなる。けれども、女性が気にしていたのは門の外だった。

「そろそろ、あの子たちも……あっ、来た、来たわ！」

待ち合わせだったのか、女性が誰かの姿を認めて弾んだ声を上げる。

門から入ってきたのは、紺色のスーツを着た若いふたり連れの男だった。年は二、三歳開きがあるようだが、整った顔立ちで、雰囲気がよく似ている。もしかしたら兄弟なのかもしれない。

「おお、脩か。相変わらずデカイな、おまえ」

「久しぶり、脩。元気にしてたか？」

「ああ、俺はこのとおりだ。そっちは？」

ふたりの問いかけに、脩も気軽に応《こた》えている。

女性を抱き留めた時ほどではないが、皐織はこれにも動揺を隠せなかった。

今までなんとなく、脩には友だちなどいないと思い込んでいた。特殊な事情があるから、表面上は仲よくしても、本当に親しくすることはない。

皐織自身が学友とは距離を保って接していたので、脩もそうだとばかり思っていた。

だが、それはどうやら間違った見解だったらしい。

この三人は、かなり脩と親しくしている。

そう気づいた瞬間、皐織の中には強烈な怒りが湧《わ》き起こった。

自分にはずっと脩だけだったのに、脩のほうはそうじゃなかった。

自分と会えなくても、楽しく話をする友だちがいるのだ。それに、あんなきれいな女の人までそばにいて……。

なのに脩は、自分にだけ冷たい態度で……。

噴き上げてくる羨望《せんぼう》と嫉妬で、皐織はおかしくなりそうだった。

自分だって脩に声をかけたい。兄様を説得したから、もう遠慮する必要はないのだと、今すぐそばまで言って声をかけたかった。

なのに皐織の足はその場に張りついて、少しも動かなかった。

しかし、そのうちふと最初に現れた女性がこちらに視線を向ける。そして訝《いぶか》しげに首を傾げた。

つられたように脩もこちらに顔を向ける。

「……っ」

皐織は我知らず、たじろいだ。

脩が眼鏡越しに、じっと見つめてくる。

親しげに女性を見ていた時とは違って、そこには少しも温かみがない。

「もしかして、皐織様?」

いきなり声を発したのは、脩に抱きついていた女性だった。

だが、それと同時に脩の視線がすうっと皐織から離れていく。

「九条家の、皐織様……ですよね？」

「えっ、ほんとに？」

「まさか、こんなところで……」

皆が自分のことを知っているようで、皐織はさらに動揺した。

呼びかけが丁寧だったから、おそらく天杜村の出身者なのだろう。でも、皐織にはほとんど見覚えがない人たちだ。

「あ、あの……皆さんは？」

皐織は曖昧に問いかけた。

最初に答えてくれたのは、一番穏やかそうな感じの、年長の男だった。

「急にすみません。ぼくたちは皆、天杜村出身の者です。ぼくは牧原一朗《まきはらいちろう》、こっちが弟の二《じ》朗《ろう》。あと、彼女が東峰花子《とうみねはなこ》です」

「皆さん、天杜村の……そうだったんですね」

皐織はいくぶんほっとしながら、軽く頭を下げて挨拶《あいさつ》した。

天杜村の出身者なら、必要以上に構えることはない。

「だけど、皐織様、ほんとにおきれいですね。俺なんか、遠くから一度お見かけしただけだったから、皐織様が可愛い、可愛いって、脩からそう話を聞かされても、ほんとかよって、ちょっと疑ってたんです。でも、マジできれいだったたんですね」

牧原の弟がそう言って、ため息をつく。

隣で兄の一朗が、慌てたように弟の袖《そで》を引っ張った。

「そういうことは言わないの。セクハラになるんだからね？」

二朗に小声で注意したのは、東峰花子だった。

「なんだよ、俺は思ったことを言っただけじゃん」

言い返す二朗を無視して、花子は脩に向き直った。

「脩、皐織様もお呼びしてるなら、先にそう言ってくれればよかったのに」

びくりとなった皐織は、思わず息を止めて脩の反応を待った。

けれども脩の口から出て来たのは、そっけない言葉だった。

「いや、皐織……皐織様には別に声をかけてない。こちらに来られたのは、単なる偶然だろう。呼び止めたりして、すみません、皐織様」

丁寧な物言いは、よけいに脩との距離を感じさせた。声も冷え冷えとして、少しも温かみがない。

どう答えていいかもわからず、ぎゅっと両手を握りしめていると、二朗が再び口を開く。

「なあ、脩。せっかくだから、皐織様も一緒に」

「駄目だ」

脩はすかさず二朗の言葉を遮った。

あまりの冷たさに、びくりとすくむと、脩はさらに冷淡に続ける。

「天杜村を離れても、皐織様は九条家の人だ。俺たちとは身分が違う。気やすくお誘いするわけにはいかない」

「そうか、残念だな」

二朗は心底がっかりしたように言う。

天杜村を離れてから、皆で何度もこうして集まっていたのだろうか。

そして、自分はその仲間には入れてもらえない。

皐織はきゅっと唇を噛みしめ、脩を見上げた。

「脩、兄様が許してくださった。これからは自由に会っていいって」

最後の望みを託すように訴える。

それでも脩の表情には、なんの変化も表れなかった。

「ありがとうございます、皐織様。それでは、近くお屋敷のほうにご挨拶に出向きます。殿様にはそうお伝えください」

丁寧に頭まで下げられて、目の奥がつぅんと痛くなる。

涙を流さずにいるのは大変だった。

会えなかった三年の間、皐織はずっと脩のことだけを考えていた。

大学へ通うようになれば、脩に会える。そう思ったからこそ同じ大学を選び、そこへの進学を認めてもらうため、家ではひたすら兄の言いつけを守り続けてきた。

脩が約束に縛られていると思ったから、昨夜は懸命に兄を説得して……。

だけど、すべては自分の独りよがりだったのだ。

脩はもう、自分を九条家の人間としか思っていない。

その証拠に、脩はもう皐織には見向きもせず、仲間たちを急《せ》かして横をとおりすぎていってしまう。

天杜村の者たちも、遠慮がちに会釈しただけで脩のあとに続いた。

四人が去っていくのを、皐織はその場に立ち尽くして見送るしかなかった。

門から歩道に出てすぐのことだ。花子が何かに躓《つまず》いて転びそうになる。脩はさっと手を伸ばして花子を支え、そのまま彼女の肩を抱いて歩き始めた。

小声で「ありがとう」と言った花子は、脩を見上げ頰を染めている。

それ以上はとてもふたりを見ていられなくて、皐織はくるりと後ろを向いた。

「嘘《うそ》つき……っ、……脩の、嘘つき……」

堪えようもなく、涙が溢《あふ》れる。

まだ幼い頃に約束した。

――皐織は大きくなったら、俺の番になれ。

――皐織は俺の花嫁になるんだ。皐織が花嫁になれば、もう俺たちはずーっと一緒にいられるから。

――大人になって俺が迎えに行くまで待ってろ。

あの時の脩の言葉は、全部はっきりと覚えている。

そして、約束の印に唇にキスしてくれたことも……。

脩が大怪我を負った時は、命名者にもなった。

そして、脩に本当に抱かれたのに……。

外国生まれの脩にとって、命名者などどうでもいい存在なのだろう。実際に、霊珠は九条の屋敷に置いたままになっている。

それでも、自分には脩だけだった。

幼い頃から今に至るまで、自分には脩しかいなかったのに……。

8

「皐織、おまえ、いつまでもそんな顔してると、兄貴がまた過剰に心配するぞ？」

次兄の嗣仁にそう声をかけられたのは、土曜日のランチを一緒に食べている時だった。

空がからりと晴れ、気持ちのいい日だったので、広い庭に続くテラスにテーブルがセットされている。長兄の諸仁は海外に出かけているので、次兄とふたりだけのランチタイムだった。

「別になんでもないから」

俺に無視された時のことが頭を去らない皐織は、ぽつりと答える。

蟹《かに》のクリーム仕立てのスープに、彩りよくたっぷりの野菜を盛りつけたサラダ、焼き立てのパンというシンプルなメニューだったが、少しも食欲がなかった。

次兄用には別メニューも用意され、子羊のローストをぺろりと平らげている。本性が虎の次兄は、一日に相当量の肉類を摂《と》るのが普通だった。

「食欲もなさそうで、やつれた顔をしたおまえなど、俺だって見ていたくないんだが？」

突き放したように言われ、皐織は小さくため息をついた。

嗣仁はシャツに細身のパンツという軽装に、さりげなくシルバーのネックレスとブレスを合わせていた。売れっ子モデルだけあって、なんでもないスタイルでも洗練されたかっこよさがある。軽くウェーブのかかった少し長めの髪は、明るめにカラーリングされ、シャープな顔立ちを引き立てている。

「別に……どこか悪いってわけじゃないから」

皐織がそう言い訳すると、次兄はやれやれとでも言いたげに、指輪をした手で髪の毛を掻《か》き上げた。

「おまえさ、あいつに冷たくされたのか？」

いきなり直球な質問をされ、皐織は息をのんだ。

慌てて取り繕おうとしたけれど、動揺は隠しようがない。

「まったく……おまえを泣かせるとは、とんでもない奴だな。俺が行って、一回シメてやろうか？」

次兄の声がふいに冷たいものに変わる。目つきが鋭くなり、甘かった表情もぞっとするほど酷薄なものとなっていた。

九条家の当主となった長兄に比べると、嗣仁はやや軟弱で《力》も劣る。普段から故意にそう思わせているところがあるが、次兄だって本性は虎なのだ。

いざとなれば残忍に牙《きば》を立てて、平気で敵を屠《ほふ》るだろう。

「やめてください、兄様。そんなんじゃないですから」

「じゃあ、どういうつもりだ？　そんなにうじうじして。おまえだって九条の人間なんだ。

なんでもないなら、それらしくしてろ、皐織」

いつになく厳しいことを言われ、皐織はぐっと奥歯を嚙みしめた。

確かに、次兄に言われるまでもない。めそめそしているだけでは、よくないだろう。

でも、今すぐ元気を出せと言われても、それはできない相談だった。

「皐織、おまえは確か、あいつの命名者……ってことになってたよな？」

意外な言葉に、皐織は首を傾げた。

「そうだけど……でも脩は霊珠もぼくのところに置きっ放しだし……」

「それも迷惑な話だ。いらない霊珠なら、神社に返納しろと言ってやれ。おまえもあいつの命名者でいるのを止《や》めてしまえばいい」

「だって、そんなことはできないよね？　一度結んだ契約は生涯持続するって」

嗣仁の言わんとするところが理解できず、皐織はぼんやりと問い返した。

「だから、そんなの気持ちの問題だろう。他の者たちと違って、霊珠に頼らないなら、おまえも命名者でいる意味がない。今後のためにも霊珠をあいつに返して、命名者の契約を解くと宣言してこい」

皐織ははっとなった。

脩は《力》を得るのに霊珠を必要としない。だから皐織のほうも命名者になったという自覚はあるものの、他のことはあまり深く考えていなかった。

次兄の言うとおり、けじめをつけるのは自分のほうだ。

そして、もうひとつ気づかされたのは、命名者の自分はいつだって堂々と脩に会う資格を有しているということだった。

相手にしてもらえなかったと落ち込んでいるばかりでは、問題は何も解決しない。

「おまえさ、あいつのことが好きなんだろ?」

何気なく問われ、心臓がいきなり大きく音を立てる。

「な、何を言ってるんですか」

辛うじて言い返したものの、皐織は頬を真っ赤に染めていた。心臓の音も破裂しそうなほどに高まっている。

次兄は相変わらずの皮肉っぽい笑みを浮かべ、面白そうに皐織の変化を見つめている。

「皐織、いい加減に自覚したほうがいいぞ」

「な、何を自覚しろと?」

「さっきも言ったが、おまえだって天杜村を治めてきた九条家の一員だ。虎の本性を持たずに生まれてきたとはいえ、おまえの身体には俺たちと同じ血が流れている。いいか、皐織。俺たちは誰かに強制されて番を見つけるわけじゃない。自分で気に入った者を番にするんだ。欲しいものがあるなら、自分の力で獲得しろ」

「に、兄様……っ、ぼ、ぼくは……っ」

皐織は喘《あえ》ぐように呼びかけた。

しかし、意地悪な次兄はそれきりで黙り込んでしまう。

わざとらしく欠伸《あくび》までしてみせる兄に、皐織は縋《すが》るような目を向けたが、それ以上話を聞くことは叶わなかった。

胸の動悸《どうき》が少しも収まらない。

脩を諦めるわけにはいかない。このまま関係がなくなってしまうのは絶対にいやだ。

それなら、この先どうすればいい？

兄に言われたとおり、自分の力で脩を獲得するしかないのだろうか。

脩を自分のものにする……？

それって、まるで脩に本気で恋しているようではないか……。

皐織は焦ったように首を左右に振った。

だが、いくら否定しようと思っても、脳裏には脩の顔ばかりが浮かんでくる。

脩に執着するのは、兄に対するような好意からだと思っていたけれど、本当は違うらしい。

自分が欲しいのは脩だけだ。脩でなければ絶対に駄目。

脩に対する「好き」という気持ちは特別で、彼のことを考えただけで胸がひどくドキドキする。

兄に言われて、皐織は初めて自覚した。

脩を欲しいと思う、この気持ち。これがきっと「恋」というものなのだろう。

自分は脩に恋をしている。

だから、脩を自分だけのものにしたいと思っているのだ。

兄はどうしろと言った？

欲しいものがあるなら、自分の力で獲得しなければならない。

だったら、ここで諦めるような真似はできない。どんなに拒絶されようと、自分の力で脩を振り向かせなければ……。

「兄様……。ぼく、脩のところに行ってきます」

皐織は頰を染めたままで、しっかりと次兄に告げた。

†

決意が鈍らぬうちにと、皐織はその日の午後、早速脩に会いにいくことにした。

預かっていた霊珠を返すという口実があれば、脩だって無碍《むげ》に自分を追い返すわけにはいかないだろう。

住所は次兄が村民のリストから調べてくれた。脩が住んでいるマンションは、大学の最寄り駅から地下鉄一本で行ける場所だ。

高校生の時まで、皐織はどこへ行くのもボディガードの運転する車での移動が基本だった。でも今は、それを断る自由も得ている。

「じゃあ、兄様。行ってきます」

「引導渡しに行くのか、迫りに行くのかは知らんが、しっかりやってこいよ？」

玄関まで見送りに来てくれた嗣仁は、そう言ってにやりと笑ったが、内心では皐織のことを応援してくれているようにも見える。

この兄は、昔からトラブルが起きるのを楽しんでいるようなところがあるのだ。

ともあれトートバッグに霊珠を詰めた皐織は、徒歩で駅に向かい、今まであまり馴染《なじ》みのなかった地下鉄に乗り込んだ。

土曜の午後、郊外へ向かう路線なので、座席は適度に空いていた。不慣れな行動で緊張するが、皐織は出口に近い場所にそっと腰を下ろした。

先ほどから、やたらと乗客の視線を感じる。はっと息をのむ者や、思わずといった感じで、故意に視線を外す者と、様々な反応をされてしまう。

普通にカジュアルなジャケットとスラックスの組み合わせなのに、どこかおかしく見えるのだろうか？

少し心配になったけれど、今さら服装をチェックすることもできない。中にはじっとまとわりつくように見つめてくる者もいる。それでも皐織はひたすら身を固くして座り続けるだけだった。

郊外の駅に着いて地下鉄を降り、地図を片手に狭い商店街の通りを歩く。

何故か、地下鉄の中と同じ視線が注がれているように感じるが、いきなりストーカーの類《たぐい》だと断定するのは、いくらなんでも自意識過剰だろう。

だから皐織は真っ直《ます》ぐ道を急ぐだけに留めた。

幸い、脩のマンションまで到着した時は、もうおかしな視線は感じなかった。

それよりも、家まで押しかけてきたことを知ったら、脩がどんな顔をするかと、そちらのほうが心配になってくる。

しかし、ここまで来て尻込《しりご》みしていても始まらない。

こんなところで臆するな。

皐織は己に強く命じて、オートロックの部屋番号を押した。

二回ほど音が響いた時、インターホンから受話器を取り上げた音がする。

「皐織です」

短く告げると、しばらく沈黙が続く。

ここで無視されては困ると、皐織は急いで来意を告げた。

「預かっていた霊珠を持ってきた。だから、開けて！」

声を張り上げると、答えの代わりに小さく舌打ちする音が聞こえてくる。

皐織はいっぺんに怯みそうになったが、それをぐっと堪えた。

「霊珠は脩のものでしょう！　放置しておくなんて、許されないことだから……っ。それに、ぼくのこと無理やり命名者にしたのに、無視するのも許さないっ」

夢中で言い募ると、ようやくエントランスのドアが開く。

皐織は正面のエレベーターで五階に向かった。

独身者用のマンションらしいが、建物自体は新しく清潔に保たれている。

外廊下を歩いていくにつれ、ドキドキと心臓の高鳴りがひどくなってきた。それと同時に、また手ひどく拒絶されたらどうしようと、不安ばかりが増大する。

脩の部屋に到着し、チャイムを押そうと思った時、内側からふいにドアが開けられた。

「あ……っ」

思わず息をのむと、脩が険しい顔つきでこちらを睨《にら》んでいる。

皐織はきゅっと唇を嚙みしめた。

脩は、中に入れというように顎《あご》を振る。

狭い玄関で靴を脱いで中へ入ると、二十畳ほどのスペースにベッドとデスクが置いてあるだけの、殺風景な部屋だった。

脩はまだ学生なのだから、こういうワンルームに住むのが当たり前なのだろうが、ずっと豪壮な屋敷で暮らしていた皐織には、信じられないほどの狭さだ。

「そんなに珍しいか？」

「あ、……うん」

「これも九条家の持ち物だ。卒業するまでは、ありがたく借りることにしている」

言葉遣いがあまり丁寧でなかったことには安堵《あんど》したが、歓迎されているとも思えない。

脩はTシャツの上に長袖の綿シャツを羽織っているが、取りつく島もないという雰囲気を漂わせていた。

「こんな小さい部屋……どうして兄様は……」

ぽつりと呟くと、脩は呆《あき》れ果てたと言わんばかりに嘆息する。

「小さい部屋か……まったく」

「な、何？」

「独り暮らしの学生が、これだけの部屋に住めるのは、かなりいい身分だと言われてるが……」

「そ、そう、なんだ」

あまりにも世間知らずであることを指摘され、皐織は思わず赤くなった。

脩の顔を見ているのもつらくなって俯《うつむ》くと、またため息をこぼされてしまう。

この先、どう話を続けていいかわからない。

「霊珠は？」

「え、ああ、うん……。霊珠ならここに」

皐織は慌ててトートバッグの中を探った。

錦《にしき》の袋に入った霊珠を取り出して、脩の手に渡す。

「霊珠は確かに受け取った。わざわざ持ってきてもらって悪かった」

脩はそう言ったかと思うと、すっと背中を向ける。

やはり、自分を受け入れてくれる気はないのだ。

そう思ったとたん、皐織の中には激しい怒りが芽生えた。

「どうして、そんな冷たい態度を取るの？　諸仁兄様にはちゃんと許してもらったって、言ったよね？　なのに、何故ぼくを無視するの？」

皐織は涙を滲ませながら、大きな声を出した。

自分がひどく無力になったようで、悔しくてたまらない。

どうすれば脩が振り向いてくれるのか、それだけが知りたかった。

「おまえは九条家の人間だ。俺のようなはぐれ者とは身分が違う。そう言っただろう？」

「身分が違うだなんて、そんなのないよ。だったら、どうして子供の頃はあんなに優しくしてくれたの？」

「それは……俺がガキだったからだ」

脩はようやく身体の向きを変えた。

だが、上から見下ろしてくる瞳には、優しさなど欠片《かけら》も感じられなかった。

「でも……でも、ぼくは脩の命名者だ！　命名者をないがしろにするなんて、許されないことだから！」

懸命に訴えると、脩はむっとしたように錦の袋を開ける。

そして中の霊珠を直《じか》につかむと、ぐっと皐織に向かって突き出した。

「これに縛られているんなら、叩き割ってしまえばいい。霊珠が粉々に壊れれば、おまえも俺から解放されるだろう」

「そんな……っ」

脩の言ったことが信じられず、皐織は蒼白《そうはく》になった。

霊珠がいかに大切なものか、そして命名者がどれほど大事な存在か、天杜村で生まれた者は骨の髄まで染みるように知っている。

だからこそ、脩に完全に拒絶されていることを認めざるを得なかった。

絶対に泣いたりしない。

そう決めていたのに、涙が溢れて止まらなくなる。

だが、皐織が泣き出したのを見て、脩は何故かたじろいだ様子を見せた。

「脩……お願いだから……ぼくを無視しないで……っ、ぼ、ぼくには脩だけ、だった……。脩さえそばにいてくれれば、他には何もいらない。なのに、脩は違うの？　ぼくなんか、もういらなくなった？」

皐織は涙ながらに訴えた。

脩はいちだんと険しい顔になり、眼鏡の奥から食い入るように見つめてくる。

「おまえは何もわかっていない」

怒りを押し殺したような声に、皐織はぶるりと細い身体を震わせた。

「……脩……っ」

「皐織、悪いことは言わん。俺から離れろ」

「ど、どうして？」

「俺がおまえを壊してしまうからだ」

「壊す？　……ああっ！」

きょとんと訊《き》き返したせつな、ふいに脩の腕が伸びて、強く抱きすくめられた。

ゴトンと音をさせながら、霊珠が床に落ちる。それと同時に、脩の手で顎を捕らえられ、噛みつくように口づけられた。

「んんぅ……っ、く、ふっ……んぅ」

驚いた皐織は懸命に脩を押しのけようとしたが、腰をぐいっと引き寄せられて、ますます深く口づけられる。

「んぅ……んっ」

息が苦しく喘いだ隙《すき》に、するりと舌まで滑り込まされた。

根元から絡めて、しっとり吸い上げられると、頭がくらくらしてくる。

「ん、ふ、くっ」

脩の舌が歯列の裏を這《は》い回り、頬の裏側も舌先で舐《な》め取るようにされると、何故か身体の奥でじわりと疼《うず》きが生まれた。

口中余すところなく舌で探られると、身体の内側まで徐々に熱くなってくる。下肢にも力が入らなくなって、皐織はぐったりと脩に縋りついた。

「……ふ、ん、はっ……ああっ」

ようやく唇が離されたが、次の瞬間、視界が大きくぶれる。

気がついた時には、フローリングの床に押し倒されていた。

脩に背中を抱かれていたので衝撃はなかったが、忙《せわ》しなく下肢にも手を伸ばされる。

「しゅ、脩……っ！」

焦り気味の声を上げた瞬間、そろりと腰骨を撫でられて、皐織は本能的な恐怖で震え上がった。

食い入るように見つめてくる脩の目は、青く色を変えている。

脩の口から覗く犬歯が、牙のように伸びていた。

「皐織、怖いか？」

「脩……」

「ふん、訊くまでもなかったな。三年前、俺はおまえを襲った。今でもおまえがそばにいると、俺は見境なく発情する。いくらおまえでも、もうあの時のように怖い思いはしたくないだろう。俺がまだ理性を保っていられるうちに帰れ。そして、二度と俺に近づくな」

脩はそう言いながら、皐織から手を離した。

飢えたような目で見つめられていたが、脩は必死に努力したといった感じで、皐織から身体をもぎ離す。

脩が求めているのは肉体的な繋《つな》がりだった。おそらく三年前に一度身体を繋げたせいで、本能的な部分で自分を番の牝《めす》だと思っているのだろう。

それなら、脩がことさら冷たかったのは、自分を襲ってしまうのを避けたかったからなのだろうか?

皐織だって、あの時は怖い思いをした。でも、脩が相手なら……脩になら、何をされてもいいと思ったのも事実だ。

身体の関係を拒めば、脩との縁が完全になくなってしまう。

そんなのはいやだ。

脩を完全に失うぐらいなら、自分の身体など、どうなろうとかまわない。

それに、脩を好きだと自覚した今は、もっと深い部分で触れ合いたいとの思いもある。

「脩……」

皐織は掠《かす》れた声で呼びかけながら、身体の上から離れていこうとしていた脩の腕をつかんで引き留めた。

「なんだ、皐織？」

脩は不機嫌そのものといった感じの声を出す。

じろりと睨まれて、皐織は一瞬臆してしまったが、懸命に声を絞り出した。

「いい……」

「なん、だと？」

「脩なら……いい」

あえかな吐息をつくように言いながら、明確な意思を伝えるために脩の腕を引き寄せる。

「……皐織？」

脩は信じられないといったように目を見開いた。

眼鏡のレンズをとおし、その青い双眸に吸い込まれてしまいそうになる。

「脩……ぼくを脩の番にするって言ったでしょう？　ぼくは脩のそばにいたい。だから、ぼくを抱きたいならそうしていい。それに、ぼくはもう大人だよ？　だから、何をされても、脩が相手なら怖くない」

皐織は必死に脩を見つめながら訴えた。

「馬鹿《ばか》かっ……おまえは大馬鹿だ」

呻くように口にした脩は、そのあと理性の糸がプッツリと切れたように手を出してきた。

「あっ」

着ていたジャケットを乱暴に脱がされる。中のシャツもボタンが飛びそうな勢いで左右に開かれた。

「相変わらず白い肌だ」

脩はそんなことを呟きながら、あらわになった胸を掌《てのひら》で撫で回す。

その手が乳首に触れた瞬間、何かぴりっとした刺激を感じて、皐織は思わず息をのんだ。

「んっ」

脩は面白いものを見つけたとでも言いたげに、敏感になった乳首を摘《つま》み上げる。

くりっと捻《ひね》られると、さらに明確な刺激が身体の芯《しん》まで走り抜けた。

「あ、っ」

我知らず上体をよじると、脩の手はすぐに離れた。だが、その手はさらに下降して、スラックスを脱がされる。

抱いていいとは言ったけれど、あまりにも性急に事が進み、怯んでしまう。

しかし脩はまるで飢えた狼そのものといった感じで、半裸になった皐織にむしゃぶりついてきた。

「皐織、いい匂《にお》いがする」

首筋に鼻を当てられて、すうっと匂いを嗅《か》がれる。

「やっ、あぁ」

脩はそのあと耳の下の一番柔らかな部分に口をつけ、きつく吸い上げてきた。

「あぁ」

思わず、呻き声を出すと、今度は宥めるように歯を滑らされた。

さっき見た時、脩の犬歯がまるで牙のように伸びている気がした。

狼が獲物を捕らえた時のように、その牙を立てられてしまうかもと、怖かった。

でも、もっと怖いのは、触れられた肌がぴりぴりと過敏に粟《あわ》だっていくことだ。

身体中が熱くて、気がおかしくなりそうだった。

脩の舌が首筋を離れ、髪の生え際を舐められた。そのあと耳もすっぽりと口で咥《くわ》えられる。

「あ、んんっ」

思わずびくんと震えると、すぐに耳が解放される。だが、脩の舌はまた首筋に戻り、そのあとさらに下へと下降した。

脩は、皐織の肌をくまなく舐めていく。掌で感触を確かめ、まるで肌そのものを味わうように舌でいやらしく舐められた。

平らな胸でつんと尖《とが》った乳首に吸いつかれ、脇腹《わきばら》は掌《てのひら》と指でなぞられた。

「やっ、……あぁ」

決して乱暴な動きじゃないのに、脩はどこか荒々しい。まるで野生の獣、そのもののようで怖かった。

でも、脩に触れられると、どんどん身体がおかしくなっていく。

どこに触られても、それがいつの間にか快感に変わり、どうしていいかわからなかった。

「皐織、大人になったと言ったが、本当だな」

脩はくすりと含み笑うように言う。

「な、何？」

「ここが……」

言葉と同時に、するりと下肢に触れられて、皐織ははっとなった。

いつの間にか、中心が硬く張りつめている。

下着の上から形を確かめるように指でなぞられて、皐織は真っ赤になった。

「やだ、……っ」

キスされて、ちょっと触られただけで、興奮してしまったのだ。

自分がものすごくいけないことをしたようで、いたたまれなかった。

我知らず脩の手を払い除《の》け、くるりと横向きになって両足も折り曲げる。恥ずかしい場所を全部隠そうと本能的な動きだった。

「そっちを隠すだけでいいのか？　前がいやならこっちからだ」

「え？　ああっ」

脩の手が下着にかかり、するりと簡単に引き下ろされてしまう。

剝《む》き出《だ》しになった白い尻をいやらしく撫でられて、皐織はびくんと固まった。

「皐織、いやなら逃げ出せばいい。今ならまだ止められるぞ」

覆い被さってきた脩が、耳元で囁《ささや》くように言う。

こういったことにほとんど経験がない皐織は、何をされてもびくついているのに、脩はまだまだ余裕がありそうだ。

悔しくなった皐織は、きっと脩を睨んだ。

「ぼくは……逃げたり、しない……っ、ぼ、ぼくを追い出そうと思っても、無駄だからね」

精一杯の意地を見せて言い募ると、脩はさも意外だと言わんばかりに青い目を細める。

「それならいい。これでもう、おまえを逃がしはしない。皐織……おまえは俺の番になってもらう」

脩はますます皐織の耳に口を近づけ、甘い声で囁く。

言葉が終わったと同時に、ちゅるりと耳たぶを口に含まれ、皐織はひときわ大きく身を震わせた。

「あ、……んぅ」

自分の喘ぎも何故か甘く聞こえてきて、さらに羞恥《しゅうち》が増す。

けれども脩は、もう無駄口など叩かず、本格的な愛撫に移った。

中途半端な位置に引っかかっていた下着が足首まで下ろされ、下半身が剝き出しになる。

床の上に転がされた皐織は、くしゃくしゃになったシャツが腕に絡みついているだけとい
う、頼りない格好になっていた。

「おまえの肌は本当にきれいだな。真っ白で、どこもかしこも極上の触り心地だ」

脩は皐織の腰を挟んで両膝《りょうひざ》を床につき、好き放題に肌を撫で回す。

乳首も再び口に含まれ、ちゅうっと強く吸い上げられた。

「ああ……っん」

先ほどとは比べものにならない、はっきりとした快感が身体の芯まで突き抜ける。

剝き出しになった中心が、ふるりと震え、皐織は死にそうなほどの羞恥に襲われた。

「気持ちがいいのか？」

「ち、違う……っ、き、気持ちよくなんか、ないっ」

皐織は意地でも感じていることを認めたくないと、必死に首を左右に振った。

だが脩は、まるで信じていないように問い返してくる。

「気持ちよくない、だと？　それは困ったな。それじゃ、別のところを弄《いじ》ったほうがいいの
か？　全部触ってやるから、どこがいいか教えろよ」

「そ、そんなこと……し、しなくていい……、から……っ」

皐織は慌てて身をよじった。

「何を言う？　俺は何度も帰れと忠告してやったぞ。なのに、おまえが自分でここに残りたがったんだろ」

「それとこれとは、か、関係ない」

「関係は大ありだ。皐織、おまえを見ると俺は発情する。俺の番になりたいんだったら、俺を満足させろ」

「ひ、ひどい……脩……」

傲慢な言い方をされ、皐織は語尾を震わせた。

脩は狩った獲物をいたぶるように、上からじっと見据えているだけだ。

自分は脩にとって、欲望を吐き出すためだけの存在。

そう思うと胸がきしむように痛くなったが、それでも脩を諦めることはできなかった。

「どうした、皐織？　いやなら逃げろ」

脩はこの期《ご》に及んでも、まだそんなことを言う。

恥ずかしさや悲しさを上まわる悔しさで、皐織はきっと脩を睨みつけた。

「いいって言ってる。脩の好きなようにすればいい。もう文句なんか言わない……っ」

「いい覚悟だ。それなら、俺の好きにするぞ」

脩は短く言って、再び皐織の肌に触れてきた。

言葉どおりに遠慮のない手で、あちこちいいように弄り回される。

「ああっ」

乳首をきゅっと摘まれて、皐織は鋭い声を上げた。

尖った粒を指で何度か揉《も》み込まれる。そのあと脩の手は下肢にも伸びてきた。

腰を両手でつかまれて、びくっとなった瞬間、中心を口に咥えられた。

「ああ、っ！」

ダイレクトな快感で、皐織は無意識に腰を突き上げた。

それを合図にしたように、脩の舌が幹に絡みつく。根元からねっとりなぞり上げられ、そのあと先端の窪《くぼ》みも舌で刺激された。

「あ、くっ、うぅ……っ」

乳首を弄られた時のもどかしさとはまったく違う。的確に快感を煽《あお》られて、皐織はすぐに限界を迎えた。

「やっ、脩……、は、放して……っ、もう達きそ、……っ」

皐織は脩の頭を両手でつかみ、懸命に自分の下肢からどかそうとした。

けれども脩の口は離れるどころか、ますますいやらしく口淫される。

そのうえ両手もぎゅっとつかまれて、身動きの取れない状態になってしまった。

解放を促すように根元からちゅうっと吸われると、すぐに我慢の限界を超えてしまう。

「あ、やぁ……っ、あぁ、……っ」

皐織は切れ切れの声を上げながら、脩の口に欲望を吐き出した。

強烈な快感で頭が真っ白になりそうだ。

脩は最後の一滴まで絞り取るように舌を使ってから、ようやく皐織を口から離した。

けれども、ぼんやりしていた皐織はすぐに正気に返った。

達ったばかりの身体に手をかけられて、うつ伏せの体勢を取らされる。床に両膝をついて身を伏せると、腰だけを高く差し出す格好になってしまう。

脩の手が剝き出しの双丘を撫で回し、皐織はびくっと震えた。

「やっ」

尻を撫で回されているだけじゃない。脩は硬く閉じた秘所にまで手を伸ばしてきたのだ。

指で入り口を開かれて、別の指でそこをなぞられる。

まったくの初めてというわけではないが、皐織はびくりと緊張した。

以前、脩に犯された時の恐怖が蘇《よみがえ》り、どうしても身体に力が入ってしまう。

「怖いのか?」

馬鹿にするように訊《たず》ねられ、皐織は懸命に首を振った。

「こ、怖くなんか、ない……っ」

いやだと言えば、脩がすぐにこの行為を止めてしまいそうで、そちらのほうが怖かった。

「ふん、ずいぶん意地っ張りだな……。だが、まあいい。今日は怖いだけじゃないってことを、ゆっくり教えてやる」

皐織はもう脩の言葉を聞きたくないとばかりに、自分の手で両耳を塞《ふさ》いだ。

しかし、そんなことをすればもっと感覚が鋭くなるだけだ。

ぴちゃりと濡れたものが狭間《はざま》に貼りついて、皐織はひときわ大きく腰を震わせた。

温かく濡《ぬ》れたものはきっと脩の舌だ。

あんな場所を舐められていると思っただけで、死にそうなほどの羞恥が噴き上げてくるが、皐織はじっと堪えた。

「ああっ、う、くっ」

唾液《だえき》で潤《うるお》いを与えられたあと、指を挿《さ》し込まれる。

ぬるりと抵抗なく奥まで入っていくのが信じられなかった。

脩は奥まで届かせた指を、ぐるりと回転させる。その時、擦《こす》れた壁で恐ろしいほどの刺激が生まれ、身体中に伝わった。

「やっ、あぁ……ぁっ！」

「ここが気持ちいいのか？」

脩は耳に口を寄せながら、同じ場所を指の腹で引っ掻く。

「やあっ」

皐織は必死に腰をよじったが、刺激からは逃れられなかった。

内壁の一部に、恐ろしく感じる場所がある。異物を入れられて苦しいのに、そこに触れられると、反射的に腰がよじれた。

「皐織、もっと声を出して俺をその気にさせろ」

脩は意地悪く言いながら、弱い場所ばかり狙《ねら》って指を使う。

「やっ、ああ……ぅ」

とても耐えきれず必死に首を振っても、脩の愛撫《あいぶ》は止まらなかった。

それだけではなく、脩は前にも抜け目なく手を回し、再び張りつめてしまった中心を握ってくる。

口でいくらいやだと言っても、皐織の身体は脩の愛撫をしっかり快感として受け止めていた。

指を増やされて、さらに後孔《こうこう》をいいように掻き回される。そして張りつめたものも、先端からとろりと蜜《みつ》をこぼすまでやわやわと揉み込まれる。

前後同時に弄られて、皐織は再び限界まで追い込まれた。

「いやっ、脩……、もう、いやだ……」

「何がいやだ？　ん？　指じゃ物足りなくなったのか？」

あくまで意地悪な脩に、涙がこぼれてくる。

だが、脩はそれ以上皐織を追い込むようなことはせずに、あっさり指を抜き取った。

「あ……っ」

けれど、ほっとしたのも束《つか》の間《ま》、すぐに腰を抱え直される。

そして一拍の間を置いて、とろとろになった蕾《つぼみ》に、熱く滾《たぎ》ったものが擦りつけられた。

「皐織……」

上ずったような声がして、皐織は息をのんだ。

四つん這いの体勢で、このまま犯される。

「いやだ！」

皐織は前のめりで懸命に脩から逃れた。けれども、すぐに脩に腰を引き戻される。

「ま、待って！」

「今さら、なんだ？」

「こ、この体勢はいや……っ、後ろからしないで」

「なん、だと？」

「だって、脩の顔が見えない……っ」

必死に訴えたせつな、背中からしっかりと抱きしめられる。

脩の腕はすぐにゆるんで、次にはくるりと身体を表に返された。

「皐織、おまえを俺のものにする。もう止められないからな」

脩は怒ったように言い、皐織の両足をとらえた。

「ああっ」

ぐいっと大きく開かされて、脩がその間に腰を進めてくる。

熱く蕩《とろ》けた場所に逞しいものが触れ、次の瞬間には太い先端が中にめり込んできた。

「あ、あぁ……ふ、くぅ」

脩はゆっくりと、でも容赦なく奥まで進んでくる。

狭い場所を無理やり押し広げられて苦しかった。

それでも脩が飢えたように口づけてきて、皐織の胸は震えた。

「んうっ、……んっ」

口を塞がれて、中にも熱い脩が居座っている。

何もかもひとつに溶け合っているようで嬉しかった。

長い間離れていたけれど、これで脩を取り戻すことができた。皐織の中にあったのは、満足だけだ。

「皐織……」

唇を離した脩が、やけに甘く呼びかけてくる。

それだけのことで、皐織は中の脩を締めつけた。

「んっ」

「おまえは馬鹿だな、皐織……俺みたいなやつに捕まって……」

自嘲気味な声が聞こえ、また胸が震える。

嫌われているわけじゃない。

それがわかったから、皐織はそっと脩の背中に腕を回した。

繋がりがより深くなり、また内壁がざわめいて脩を締めつける。それと同時に、甘い痺《しび》れが生まれ、身体中に伝わっていく。

「皐織、おまえは俺の番……これでもう全部、俺のものだ」

「ん、いいよ、脩。ぼくを全部、脩のものにしていい……だから、もうぼくを離さないで……ぼくから逃げたりしないで」

皐織は心から訴えた。

そのとたん、脩が我慢しきれなくなったように動き出す。

「くそっ」

「あぁっ」

擦れた場所でひときわ強い快感が生まれ、皐織は奔放な声を上げた。

しだいに激しくなる動きに翻弄《ほんろう》され、皐織はすぐに脩に縋っているだけになる。

大きく仰《の》け反《ぞ》った時、皐織はふと明滅している霊珠に気づいた。

さっき脩が床に落とした霊珠が、まるでふたりの交合に合わせるかのように青白い光を放っている。

「皐織、おまえをずっとこうやって抱きたかった。おまえは俺だけのものだ」

熱く囁いた脩が、さらに激しく最奥を抉《えぐ》る。

「ああっ！」

深々と串刺され、ぐるりと最奥を掻き回されて、ぎりぎりまで引き抜かれる。

それから勢いをつけて、また最奥まで一気に灼熱を突き挿された。

「皐織！」

「脩……っ」

最奥に熱い迸《ほとばし》りを受けた瞬間、皐織も二度目の精を噴き上げていた。

それでもまだ脩は繋がりを解かない。

「一回ぐらいじゃ満足できん。もう一度だ、皐織」

「ああっ、あぅ」

脩は繋がったままで、皐織をぐいっと抱き起こす。

そうして今度は床に座ったままで、皐織を犯し始めた。

9

困った事態に陥った。

脩は己の我慢のきかなさに、ほとほと嫌気が差して、深いため息をついた。

せっかく皐織と距離を置いたのに、顔を見たとたん発情するとは、なんとも情けない話だ。

皐織が訪ねてきた日がたまたま満月だったことは、なんの言い訳にもならなかった。

我慢に我慢を重ねていたのに、皐織の顔を見たとたん、ぷっつりと糸が切れた。

抱いていいなどと可愛い口で告げられただけで、理性の欠片が吹き飛んだ。頭の中すべてが欲望で染まり、もう歯止めはきかなくなってしまった。

皐織はひどく抱いたにもかかわらず、すっかり安心しきった様子で、九条の屋敷へ送っていく時も嬉しそうにしていた。

自分に会いにきて、嬉しそうに……だ。

信じられない事態に、脩は頭を抱えたい気分だった。

皐織にも何度も忠告したが、自分の中にある本能が激しく皐織を求めている。皐織を番と認め、いつだってそばに置いて繋がりたいと欲しているのだ。

皐織は命名者になったことを指摘していたが、それも無関係ではないのだろう。

最初に皐織を抱いた時、何がどう作用したのかも定かではないが、自分と皐織は強く結びつけられてしまった。

これはおそらく一生続くものだ。

脩の中に眠る獣の本性が、皐織を己の番であるとし、強く求め、支配しようとしている。

できるなら皐織を傷つけたくないと思い、懸命に距離を置くように努力していたというのに、それがいっぺんに駄目になってしまったのだ。

もっと厳しく皐織を追い返していれば……。

もっと強く皐織を拒絶していれば……。

後悔は波のように間断なく打ち寄せてきたが、起きてしまったことはもう元に戻せない。

苦い後悔の念とは別に、今回のことは起こるべくして起きた事実なのだろうという気もしている。

天杜村に引き取られてきて以来、大勢の知り合いができた。直景を筆頭に、一朗次朗の兄弟、それに花子。大切だと思える人間が増えた。

皐織はその中でも、いつも特別な場所を占めていた。

皐織はいつでも守ってやるべき対象で、だからこそ自分という獣からも、守ってやりたかった。

しかし、今はもう、それができなくなってしまった。

困ったことはもうひとつある。

満月が巡ってくるたびに、抑えようもなく皐織に会いたい衝動が湧く。

それは、満月ごとに番を求めて発情するという狼の習性のようだ。

次の満月にもし皐織が来なければ、自分のほうから会いにいってしまうに違いない。

皐織は許可をもらったと言っていたが、虎への言い訳をどうするか、再び頭を下げることになるのも癪に障る。

このあと自分はどうすべきなのか。脩にはまだ未来に対する展開が何も見えていない。

「まったく、皐織は馬鹿だ。なんだって、俺みたいな男の餌食《えじき》になってしまうんだ……」

脩はそうぼやくしかなかったのだ。

†

脩の悩みをよそに、皐織は翌週もマンションまでやってきた。

「おまえ、何しに来たんだ？　ここに来れば俺に襲われるとわかってて、何故のこのこと顔を出す？」

チャイムに応えドアを開けたと同時に、脩は渋い顔をした。

皐織はむっとしたように細い眉をひそめる。

「だって、ぼくは脩の番でしょ？　脩がそう言ったんだよ？　今さらぼくを番にしたのをなかったことにしようだなんて、許さないからね」

子供のように口を尖らせた皐織に、脩は思わず苦笑した。今のように子供っぽい部分も、可愛らしいと思ってしまう。

美しく成長した皐織は、簡単に脩を魅了する。

だが、これ以上色々なものに甘えるわけにはいかないと、脩は厳しい表情を崩さなかった。

「皐織、おまえ、本当にわかってるのか?」

脩は皐織を室内に迎え入れつつも、冷ややかな声で訊ねた。

「何が?」

「ここに来れば、おまえはまた俺に犯されるんだぞ?」

はっきり口にすると、皐織の頬が薄赤く染まる。艶《つや》やかな髪から覗く耳まで赤くなっているのを見て、脩は思わずごくりと生唾《なまつば》をのみ込んだ。

皐織が発する色香には抗《あらが》いようがない。

「だから、いいって言ってるのに」

「皐織、おまえは」

脩はたまらず皐織の肩に手をかけて、ぐいっと引き寄せた。

胸の中に抱き込んで、すかさず唇を奪う。

「んっ」

皐織は逆らうでもなく、素直に身体を預けてきた。

深く舌を絡めると、自分からもおずおずと舌を差し出してくる。

脩は、甘い唇を余すところなく貪《むさぼ》ってから、皐織を解放した。

「こういうことになるんだ」

「ん？」

厳しい声を出しても、皐織はとろんとした目で、ぐったりと身を任せたままだ。

ただでさえ我慢するのは難しいのに、こんな顔をされてはもうたまらなかった。

「まったく、勝手にしろ」

脩はそう言って、皐織の身体を無理やり引き剝がした。

勢いづいたあまり、皐織はぐらりとよろけたが、とっさに手を出しそうになったのを、ぐっと堪える。

幸い皐織は自分で体勢を立て直し、挑むような顔つきで脩を睨んだ。

「脩がいやだと言っても、もう遅いから。ぼくはぼくの勝手にする」

脩は思わず舌打ちした。

警告するつもりが、これでは望まぬほうに誘導したも同然だ。

「殿様はどうした？　おまえが俺のところに通ってくるなんて真似、おまえの兄が許すはずがないだろう？」

「諸仁兄様なら、しばらく海外だから。嗣仁兄様にはちゃんと断ってある。兄様は頑張れって、応援してくれてるから」

「応援、だと？」

思わぬ言葉に、脩はそれきりで絶句した。

九条の当主となった諸仁は当然のこととして、弟の嗣仁も胡散臭《うさんくさ》くて、どうにも好きにはなれない。

しかしこれ以上何を言ったところで、皐織は引かないだろう。

つまり、この状況を受け入れて、その先のことを考えるしかないのだ。

「俺はこれからメシにするところだ。おまえは？　何か食ってきたのか？」

いきなり話題を変えると、皐織は左右に首を振る。

「ううん、朝食だけ。お昼の支度を待ってられなかったから」

「それなら、そこに座ってろ。何か作る」

脩はそう言って、フローリングの床を指さした。

テーブルさえ置いていない場所だ。しかも、そこは皐織を犯したばかりの場所だった。

なのに、皐織は嬉しげな顔で、こくんと頷く。

「脩が、何か作ってくれるの？　すごく嬉しい」

無邪気な声を出され、脩は内心で思いきり大きく嘆息した。

あり合わせの材料で簡単なスープパスタを作り、折りたたみの座卓に向かい合って座る。

「すごいね。脩はちゃんと料理までできるんだ」

皐織は驚いたように目を輝かせる。

九条家で深窓の令嬢のように大切に育てられた皐織は、自分で料理などしたこともないのだろう。

「これぐらい、当たり前だ。俺は貧乏学生だからな。自炊が基本」

脩がそう説明すると、皐織はすぐに眉を曇らせる。

「ねえ、もしかして学費が足りてないの？　兄様に言えば、ちゃんとしてもらえると思う。天杜村の人々に対しては責任があるから」

しごく生真面目な顔で言われ、脩は再びため息をつきたくなった。

「あのな、九条家で学費は出してもらってる。だから、こんなことは言えた義理じゃないんだが、俺はこれ以上九条家の世話になるのはごめんなんだ」

「脩……」

つい荒い声を出してしまったせいで、皐織が悲しげに見つめてくる。

「とにかくおまえが気にすることじゃない。これは俺の問題だ」

「でも、ぼくは脩が心配で……」

「いらない心配だ。それより早く食べろ。冷めたらまずくなるぞ」

脩は議論を終わらせるべく、率先してパスタを食べ始めた。

皐織もふうっとひとつ深く息をついて、スープパスタに手を伸ばす。

遠慮がちに口に運んだ皐織は、驚いたように目を見開いた。

「美味《おい》しい……。これ、ほんとに脩が作ったの？」

「俺以外に誰が作る？　ここにはおまえの家みたいに専門の料理人はいないぞ」

「うん、そうだね。でも、脩がこんなに料理上手だなんて知らなかった」

皐織はそう言って嬉しげな笑みを浮かべる。

いい意味でも悪い意味でも、皐織には純粋培養された無邪気さがあるのだ。

だが、手放しで褒められて、悪い気がするものでもない。

「こんなものでよければ、また作ってやる」

「ほんとに？」

「ああ」

脩は諦め気味で頷いた。

結局のところ、皐織を追い払う口実がない。

本当は、皐織をこんなふうに扱ってはいけないと思っている。いくら会うことを許されたとはいえ、九条の虎たちは、まさか脩が皐織の身体まで自由にしているとは想像していないだろう。

大学生になった皐織が自ら会いにきてくれた時は、嬉しさを抑えるのが大変だった。

心を鬼にして追い返したのに、皐織は諦めず、とうとうこのマンションまで訪ねてきた。

なのに、自分はまたしても皐織を傷つけた。

顔を見れば、抱かずにはいられない。皐織が近くに寄ってくるだけで、身体の奥から瞬時に欲望が迫り上がってくる。

皐織のことは大切にしてやりたいと思っている。しかし、一度覚えた快感は、甘い毒のように身体中に染み渡り、際限もなく欲望の虜《とりこ》となってしまう。

九条家が文句を言うなら、いっそのこと皐織をさらってでも自分のそばに置きたい。

そんな欲求にまで駆られ、脩の悩みは尽きなかった。

皐織の立場に立ってみれば、いいことはひとつもない。

偶然だったにしろ、命名者として縛られたあげく、同じ男である自分に無理やり身体を開かれるのだ。

本来なら、皐織は可愛い女の子とつき合って、陰ながらそれを応援してやるのが、自分の立場だ。

だが、皐織はもう自分の番で、他の誰かに譲るなど、考えられなくなっている。

自分から皐織を手放すなど論外だ。そんなことはできっこない。

この許されざる関係に終止符を打てるのは、皐織自身しかいない。

脩にできるのは、皐織から愛想を尽かされるように仕向けることぐらいだった。

皐織、俺から逃げろ。俺はそのうちもっとおまえを傷つけてしまうかもしれない。

だから、一刻も早く俺から逃げてくれ。

脩は心の内でそう願うしかなかったのだ。

†

そうして皐織が定期的に通ってくるようになって、三ヶ月ほどが経った頃——。

「さあ、もう帰る支度をしろ」

「うん」

脩がそう急かすと、皐織は気乗りがしなさそうに気怠《けだる》げにベッドから起き上がった。

最初に皐織がこの部屋に来た時は、思わず手加減なく抱いてしまい、朝まで泊めることになった。さすがに外泊が続くのはよくないだろうと、それ以降は、夜遅くならないうちに送っていくことにしていた。

自分を受け入れたあと、皐織はいつも怠そうにしている。朝までゆっくり寝かせてやるか、それとも、抱くのをやめるかすればいいのだが、そのどちらもできずに、ずるずる関係が続いていた。

皐織が緩慢に服を着る姿を見れば、良心がちくちくと疼く。本当はもっと優しくしてやりたい。だが皐織を優しく扱えば、最後の箍まで外れてしまい、二度と手放すことができなくなる。

「用意できたか？」

「うん」

「じゃ、行くぞ。さあ、立て」

脩は皐織の手を握り、無理やり立ち上がらせた。

足に力が入らず、よろけたところをさっと支え、やや強引に部屋から連れ出す。

本当は泊まっていきたいのかもしれないが、ここで甘やかすのは本人のためにならない。

そう思って、脩は自分自身の気持ちも誤魔化した。

部屋から出ると、皐織は甘えるように身を寄せてきた。

「また、来週来てもいい？」

「……ああ、……」

どんなに邪険に扱おうと、皐織はめげずに近づいてくる。

健気《けなげ》に、そして一途《いちず》に自分だけを求めているのだ。

皐織の思いに応えてやるには、何をどうすればいいか、まだその答えは見つからない。

自分のほうが一方的に奪うだけの関係……それを長く続けることはできない。

何をどうしてやればいいか、わからないが、なんとか道を見つけるしかない。

それが皐織のためだ。

最寄りの駅に到着し、夜遅くてがらがらの電車に乗り込む。

皐織は相変わらず甘えるように、脩に寄りかかっている。端から見れば、仲のいい恋人同士に見えるかもしれない。

髪を長く伸ばした皐織は、ますます美貌に磨きがかかっている。服装はカジュアルなジャケットとスラックスというシンプルなものだが、骨格も華奢だし、へたをすると、脩は可愛い彼女連れ、というふうに見られているかもしれない。

今は数が少ないが、これがもし昼の時間帯だったならば、脩は男たちの羨望を一身に浴びていたことだろう。

二十分ほどの乗車で九条家の最寄り駅に到着する。

さっさと屋敷を目指して歩き出すと、皐織は慌てたようについてくる。

「脩、そんなに急がないでくれない？」

不服そうに言う皐織に、脩はにべもない返事を返した。

「何言ってる？　早く帰らないと、おまえが気まずい思いをするだけだろう」

少しは優しい言葉をかけてやればいいものを、脩にはどうしてもそれができない。

余裕のなさに自分でも呆れてしまい、ため息をつくだけだった。

「皐織」

せめてこのぐらいはしてやってもいいだろうと、皐織の細い肩を抱き寄せる。

「脩」

皐織は嬉しげにコツンと頭をぶつけてきた。

皐織にはなんの打算もない。脩は、何に対して自分が意地を張っているかわからなくなっていた。

胸の奥にあるのは、ただ皐織が愛しいという思いだけだ。

「皐織、おまえはほんとに馬鹿だな」

脩は皐織の頭に手を乗せて、長い髪をくしゃりと掻き混ぜた。

「もう、脩はいつも髪をくしゃくしゃにするんだから」

顔をしかめた皐織を見て、思わず抱きしめたくなるが、それをぐっと我慢した。

都心に近い古くからの高級住宅街の中でも、九条家の屋敷は群を抜いて立派なものだ。黒瓦を載せた白塀が、広大な敷地にぐるりと巡らせてある。

九条家は早い時期から東京に進出し、多くの事業を手掛けてきた。前当主の代には財閥と言っても過言ではないほどの規模になり、それを現当主の諸仁がさらに拡大させている。

そして九条家はその財力で、元天杜村の住人たちの暮らしを支えているのだ。

脩自身はなんとなく毛嫌いしているが、天杜村の者にとって、九条は本当にありがたい殿様だということだ。

「皐織、ほら早く行け」

脩は豪壮な門が見える位置まで来て、顎をしゃくった。

「もう……脩はどうして、そんなに冷たいの？　ぼくみたいなお荷物は一刻も早く追い返したい。そう顔に書いてあるよ」

子供っぽく膨れてみせた皐織に、脩は思わず口元を綻《ほころ》ばせた。

「そんなことはないだろう。俺はおまえを嫌っているわけでは……」

「え、それ、ほんと？　ほんとにぼくのことうるさく思ってない？　嫌ったりしてない？」

皐織は懸命な様子でたたみかけてくる。

脩は艶やかな髪に手をやってするりと掻き上げた。

「ああ、おまえのこと、うるさいだなんて思ってない。それにおまえのことを嫌いだとも思ってない」

「脩……」

皐織は恥ずかしげに頰を染めた。

本当はもっと他に言いたいことがあるのだが、脩にはそれを口にする資格がない。

言ってしまえば、もっと皐織に負担をかけることになる。だから、言わないほうが皐織のためだ。

「さあ、もういいだろ？　こんなところでずっと立ち話をしてると、おまえのところの使用人が出てくるぞ」

「うん、そうだね。じゃあ、また来週……」

皐織は名残惜《なごりお》しそうに脩に寄せていた身を離した。

「ああ、来週だな」

「待っててね、脩」

「ああ、待ってる」

自分でもむず痒《がゆ》くなるようなやり取りを終え、脩はくるりときびすを返した。

皐織が門前でじっと見送っている視線を背中で感じながら、足を速める。

なんのことはない。執着を感じているのは皐織ではなく、自分のほうだ。

だからこそ、未練を断ち切るように、脩は一度も皐織を振り返らなかった。

†

そして約束の一週間後のこと――。

いつも皐織が訪れる時間になり、脩は何気なくマンションを出た。

たまには駅まで迎えに行ってやろうかと、殊勝なことを思いついたからだ。

しかし、駅に向かって歩いている途中で、脩は突然身体中の毛が逆立つような感覚に襲われた。

近くに同族の者がいる。

しかもこれは、以前脩を襲った者たちの気配だ。

九条家が介入して以来、一度も接触して来なかった連中が、今は殺気に近い敵意を持ってすぐ近くまで迫っている。

脩はすぐさま行き先を変えた。気配を無視して駅まで行けば、皐織と遭遇してしまう恐れがある。

商店街の途中から横道に入り、脩は真っ直ぐに運動公園を目指した。広い敷地に体育館や武闘館、プールなどの施設がある。そこなら、万一何かあったとしても、他の人間を巻き添えにすることはないだろう。

だが脩は、すぐにその考えが甘かったことを思い知らされたのだ。

近づいてきたのは、ブラックの仲間だった女だ。

名前は覚えていないが、女は今も過剰な色気を発散している。豊満な胸を強調するタイトなシャツに短いスカート、ストッキングを穿《は》いた足にはピンヒールのパンプス。長い金髪をカールさせ、丁寧に化粧を施した顔に沿わせている。

『久しぶりね。いちだんと男ぶりが上がったようで嬉しいわ』

女はしなを作るように艶然《えんぜん》と微笑みながら、声をかけてきた。

ヒールの高い靴でも戦闘力に衰えがあるとは思えない。無駄に色気を振りまいているのは、こちらを油断させるためだろう。

『俺のなんの用だ？』

脩は硬い声で訊ねた。

女は大げさにため息をつく。

『あれから何年も経つのに相変わらずね。仲間に会えて嬉しいとか、少しぐらい思ったらどうなの？』

『あんたたちが誰とつるもうと、俺には関係ない。それに、ここは日本だ。あんたたちの縄張りでもない』

『困ったものだわね。それじゃ本題に入りましょうか。私はあなたを連れてくるように命じられたの』

脩は眉をひそめた。

いきなりの招待に応じる気はない。しかし、それは女もわかっているはずだ。なのに、わざわざ接触してきたのは、裏に何かあるとみていいだろう。

『そんなにいやそうな顔をすることないでしょう。まったく……いい牡《おす》に育ったというのに、同族の牝《めす》には見向きもしないで、ただの人間を番にするなんて信じられないわ』

『なんだと？』

女の言葉に脩は全身の毛を逆立てた。

『あら、ようやく顔色が変わったわね』

『あんたたち、皐織に何かしたのか？』

脩はすかさず問い返した。

『あなたに直接声をかけても、断られる可能性が大でしょう？　またこの前みたいに、半死半生の目に遭わせたくはないの。だから、あなたの番のほうを先に、我々のところにご招待したというわけよ』

『皐織に何かしたら、おまえたちを殺す』

脩は怒りを前面に押し出しながら、冷え冷えとした声を出した。

女はそれも予測済みだったのか、平気で笑っている。

『あなたに選択肢はないわ。私についてくるしかないのよ？』

『皐織の兄たちの本性が何か、知っているだろう？　敵に回す気か？』

『あら、人聞きの悪いことを言わないで。私たちは別に、あなたの番に手を出してはいないわ。少なくとも、あなたが大人しく招待に応じてくれればね。あなたの態度ひとつで、番は家に帰す。今日の夜中ぐらいまでに帰せば、問題ないんでしょう？　あなたさえおかしなことをしなければ、虎の一族には知られずにすむわ』

『…………』

油断だった。

皐織が定期的に自分のマンションを訪れていることを、すべて知られている。

もしかしたら、皐織の身に何かあってはいけないと、九条の屋敷まで送っていっていたことが、徒《あだ》になったのかもしれない。

皐織はおそらく、電車に乗ったと同時にさらわれたのだろう。

今日という日を狙ったのも、今までの行動を観察されていたからだ。

『大人しくついてくる気になった？』

女は小馬鹿にしたように細く描いた眉を上げる。

『俺が招待に応じれば、皐織はちゃんと家に帰すんだろうな？』

『ええ、もちろんよ。彼、ただの人間でしょ？　今のところ、能力のない人間は対象外のようだから』

女の話には引っかかりを感じるが、皐織を無事に解放するほうが先だ。

急速に、また別の狼の気配が近づいてくる。

そして公園の脇道に黒塗りのリムジンが停まり、脩はその後部席に収まって、強引な招待に応じることとなったのだ。

10

リムジンは二時間ほどのドライブのあと、鬱蒼《うっそう》と茂った森の中にある何かの施設へと入っていった。

敷地はかなり高さのある鉄条網で囲まれていた。看板は出ていなかったが、ゲートでの出入りも厳重に管理されている。敷地内も木立が自然のままに残されており、そのほぼ中央に、真新しい平屋の建物があった。

別荘という感じではなく、何かの秘密研究所といった体裁だ。

『ここよ。さあ、中へどうぞ』

建物の前で車から下ろされた脩は、そのまま屋内へと案内された。

不気味なほど静かなフロアで、他に人の姿はない。

だが脩の鼻は、何匹もの狼の匂いを嗅ぎ当てていた。狼以外の匂い、そして人間の匂いも混じっているが、数は少ない。

その中のひとつは皐織のものだった。

女に案内されるまま、脩はエレベーターで地下へと下りた。

この施設の地上階は単なる入り口のようで、メインとなる地下のフロアは地上の何倍もの面積を有していた。それにエレベーターの表示は、地下五階まであった。

『ここはいったい、なんの施設だ？』

『ドクター・ヘルゲンに会ってもらえばわかるわ』

『ドクター・ヘルゲン？』

脩の問いには答えず、女はぴたりと閉ざされたドアの横でＩＤを打ち込んでいる。数字だけではなく、指紋と網膜の認証も行っているようで、ずいぶんな警戒ぶりだ。

皐織を連れてここから逃げるのは、かなりの苦労を伴うだろう。

ドアが解錠され中に進むと、そこは古い西洋風のライブラリといった感じの部屋だった。分厚い絨毯《じゅうたん》が敷かれ、壁はぎっしりと本が詰まった書棚になっている。部屋の中央には革張りのソファセットが据えられ、その向こうのマホガニーのデスクに、白衣を着た白人の男がゆったりと腰かけていた。

白髪で痩《や》せているが、年齢はおそらく五十前後だろう。白衣を着ているせいか、マッドサイエンティストとでも言いたくなるような雰囲気だ。

『君がシルバの息子のシュウ君か。ようこそ我が研究室へ。私はハインリヒ・ヘルゲンだ。君が来てくれるのを、ずっと待っていたよ』

ヘルゲンと名乗った男は気軽な調子で言いながら、席を立ってくる。

目の前まで来たヘルゲンは握手のために右手を差し出してきたが、脩はそれを頭から無視した。

『皐織はどこだ？』

『おやおや、挨拶もなしに、いきなりそれかね？』

『俺は冗談につき合うような気分じゃない。皐織を連れてこないなら、今すぐこの場であんたを咬《か》み殺す』

脩はにべもなく言い切った。

背後で女が殺気を放つ。だが、飛びかかってきたとしても、脩がヘルゲンに牙を立てるほうが早い。

『まあ、とにかく話を聞いてくれないかな』

白髪のヘルゲンは、背後の女を手で制し、阿《おもね》るように訊ねてくる。

『こんなやり方をする奴と話すことなどない』

『いいのかね？　君は断れるような立場じゃないと思うが』

ヘルゲンは開き直ったように言う。

脩はぐっと眉根を寄せて黙り込んだ。

皐織を救い出すのが第一だ。しかし、この手合いは最初から言いなりになっていると、つけ上がるだけだろう。それに、今の段階では敵がどのぐらいの数なのかもわからない。

ここが地下だというのも、あまりいい状況とは言い難《にく》かった。

皐織を誘拐されたと知った時、脩は九条に連絡すべきかどうか、一瞬迷った。

皐織を救い出すのは自分だとの自負があったからだ。

だが、万が一ということもある。それで脩はプライドを捨てて、迎えの女に気づかれないように、携帯でコールのみしておいた。

九条のことだ。皐織の居場所もある程度は把握していると思う。そこに普段電話などかけたことのない脩からの履歴が残れば、何かあったとわかるはずだ。

助けを当てにしたくはないが、これも絶対に皐織を傷つけないためだ。

『それで、俺に何をさせようというのだ？』

脩はヘルゲンを見据え、単刀直入に問い質《ただ》した。

『おお、話を聞く気になってくれたか。よかった、よかった。それじゃ、そこにかけてくれたまえ』

ヘルゲンはソファを指さし座るように勧めたが、脩はにべもなく首を横に振った。

暢気《のんき》に座って話など聞いていられない。

『まあ、仕方ないな。それなら本題に入ろう。君に頼みたいのは、研究への協力だ』

『研究？』

脩は嫌な予感に襲われつつも、短く問い返した。

ヘルゲンは痩せた顔に満足げな笑みを浮かべる。

『君たち特殊な獣《けもの》、いや、失礼……。特殊な人間と言うべきだな。私は君たちの力に大いに興味があってね。身体の組織を研究させてもらい、能力の測定もさせてもらいたいのだ』

『俺たちの生体実験をやりたいと言うのか？』

『まあ、有り体に言えば、そういうことだ』

ヘルゲンは悪びれもせず、シニカルな笑みを見せながら肯定した。

脳裏には、無残に殺された両親の姿がよぎる。

『まさか、俺の両親を死に追いやったのは、あんたか？』

『それは違うぞ。私は研究者だ。貴重な実験体を殺すなどあり得ない。あれは君たちの仲間内の問題だろう』

嘯《うそぶ》くヘルゲンに、脩はかっと怒りに駆られた。

おそらくこの男が黒幕だ。

直景は、研究所が焼き討ちに遭い、もう終わった話だと言っていたが、ヘルゲンはしぶとく生き残り、そして懲りもせずに研究の続きをやるつもりだ。

『どうして、わざわざ日本までやってきた？　研究ならアメリカでいくらでもできるだろう。あの国には人の住まない土地もたくさんある。野生種の狼も生き残っている』

『普通の狼には興味がない』

『だったら、そこの女の仲間からサンプルを採ればいい』

『彼らにはすでに協力してもらった。今、私が求めているのは、本当に強い個体のデータだ。

王と呼ばれた君の父親は、素晴らしい成果をもたらしてくれるはずだった。しかし、もう少しのところで邪魔が入って、せっかくの実験が水泡となってしまった。王には息子がいて日本で暮らしているという。だから、私は遥々《はるばる》海を越えて、日本に研究所を作ったのだ。すべて、君を迎えるためだよ』

ヘルゲンの執着ぶりに、脩は吐き気がしそうだった。

『俺たちの研究をして、あんたは何をどうしたいんだ？　研究などしたところで、あんたが俺たちのような身体になれるわけでもないだろう』

『遺伝子を徹底的に研究すれば、組み替えが可能になるかもしれない。それに、君たちの体組織を使って薬ができるかもしれない。普通の人間では手に入らない力を、持てるようになるかもしれないのだ』

ヘルゲンは何かに酔ってでもいるように、滔々《とうとう》と夢を語る。

不快感は頂点に達していたが、脩はそれ以上言い返すのをやめた。

この男には何を言っても始まらない。それより、皐織を無事に取り戻すほうが大事だ。

『それで、俺があんたの研究に協力すれば、皐織を自由にしてくれるのか？』

脩が冷たく問い質すと、ヘルゲンは露骨に喜色を浮かべた。

『君の父親は種族を束ねる王だった。君はただの人間の男を番とし、君の父親もただの人間の女を番にした。これは実に興味深い事例だ。君たちは何故、そうもただの人間に惹《ひ》きつけられたのだ？　これは、その相手になんらかの要素があるからか……』

『おい、言っておくが、皐織に指一本でも触れたら、おまえを咬み殺す。そこに何匹、裏切り者の狼を侍らせていようと関係ない。全員咬み殺してやる』

脩は不快感を堪え、静かに男を脅した。

殺気を漲《みなぎ》らせたことで、さすがのヘルゲンもはっとしたように後じさる。

『き、君が大人しく協力してくれるなら、君の番には手を出さないと約束しよう』

『だったら、まずは皐織をここへ連れてこい。皐織の無事を確かめるまでは、俺は何もしないぞ』

『わかった。いいだろう。そこの君、彼の番をここへ……いや、いい。それより、彼を番のところへ案内してやってくれ』

ヘルゲンは、脩を案内してきた女を振り返り、そう指示を出す。

女はすぐさま、くいっと顎をしゃくって、脩を誘《いざな》った。

『こっちだ』

脩は無言で女に従った。そしてしんと静まり返った廊下に出たところで、改めて女に問い質す。

『あんたたちは、あの男に仲間を売ったのか？』

女は悪びれもせずに肩をすくめた。

『仲間を売っただなんて、とんでもない。私たちはあの男の力を利用しているだけよ。あの男、おかしな妄想《もうそう》に取り憑《つ》かれてるけど、あれでけっこうな資産家でね。自分ではあまりタッチしていないけど、手広く事業やってるのよ。何かあれば、あんな弱い奴、すぐに始末できる。あいつが欲しがってる力なんて、絶対に手に入りっこないのは最初からわかってる。ちょっと血を採らせてやって、他にも何やかやと調べさせてやってるだけよ。だから、あなたも大人しく血を提供してやればいい』

『そんな簡単なことなのか？』

女の言葉がどうも信用できない。

『とにかく、今のあなたは番を人質に取られてるんだから、大人しくするしかないでしょう。ここで、暴れたところで得なことは何もない。それに、立場上、私たちも敵に回る』

問題を軽く考えているらしい女は、その忠告を最後に、あとは口を噤《つぐ》んでしまう。

黙りこくったままでエレベーターに乗り込み、さらに地下へと向かうだけだった。

表示は地下五階。ここが最下層か。

脩は油断なくあたりを見回した。

皐織の匂いが近くなっている。だが、皐織の他にもたくさんの匂いがしていた。

白一色の冷たい印象の廊下を進み、分厚いドアの前で女は再び網膜と指紋の認証を終える。

肩越しにパスワードを打ち込む手は見えたが、数字を覚えただけでこのドアは突破できない。

皐織が無事であることはわかっているので、さほど焦りはない。だが、これが困難な状況であることに変わりはなかった。

ドアが開き、脩は息をのんだ。

「なんだ、ここは……」

四角い小部屋、いや、これは部屋と言うより檻《おり》だ。それがずらりと二十以上並んでいる。

仕切りは金属のようだが、前面はガラス張りになっていた。サイドの仕切りは可動式になっているのか、倍のスペースを取った部屋もある。

中に閉じ込められているのは、色々な種類の動物だった。ひとつには絶滅したはずの日本狼もいる。他には、狐《きつね》や狸《たぬき》、そして獰猛《どうもう》な牡ライオンと虎。しかし、ここにいるのは皆、普通の野生種だ。

脩はすばやく匂いをたどり、皐織が捕らわれている小部屋の前まで移動した。

ガラス越しに覗いたスペースに、皐織が両膝をかかえて座り込んでいる。

人影に気づいた皐織はふっと顔を上げ、次の瞬間にはどっと涙を溢れさせた。そのあと、立ち上がって、ガラスの仕切りまで駆け寄ってくる。

だが、不安そうな皐織を抱きしめてやることは叶わなかった。ガラスを挟んで手を合わせ、脩は怒りに燃えながら女を睨みつけた。

『さっさとここを開けろ！』

女は肩をすくめただけだ。

『悪いわね。ここの鍵《かぎ》はセンターで集中管理してるから、私には開けられない』

『なんだと、貴様！』

瞬時に殺気を放った脩に、女はすばやく後方へ飛びずさる。

『私に怒っても無駄よ』

『言い訳はいい！　さっさと皐織をここから出せ！』

荒々しく詰め寄った脩に、女は恐怖に戦《おのの》いたような表情を見せた。

同じ狼の血を持っていても、脩のほうが完全に格上だと認めたのだ。

『だから、私には開けられないんだって』

『なら、さっきのあいつに言え』

脩がさらに迫った時、思わぬところから、くだんの男の声が響いてくる。

『今、開けるから暴れないでくれたまえ』

天井に小型のモニターが仕掛けられており、ヘルゲンが映っていた。

脩が睨みつけると、ヘルゲンは手を動かす。

その動きに合わせ、カチリと施錠が外れる音がして、続いてガラスのドアがシューッと左右に開いた。

「皐織！　無事だったか？」

「脩！」

脩はさっとスペースに踏み込んで、皐織を抱きしめた。

細い身体は小刻みに震えていた。嗚咽《おえつ》を上げるのを必死に堪えているようだが、溢れた涙が脩のシャツを濡らす。

大事な番をこんなふざけた場所に閉じ込めた者に殺意が湧く。

「皐織、皐織……もう大丈夫だから」

脩は懸命に皐織を宥めた。

用心のため身体の半分がガラス戸の外になるような体勢を整えつつも、皐織をすっぽりと抱きしめる。

「脩、ごめん……ぼく、捕まっちゃって……。気をつけてたつもりなのに、なんか、変なものを嗅がされて、意識を失ってしまったんだ。ぼくのせいで、脩に迷惑かけた……」

「馬鹿、そんなこと気にするな。ちゃんとおまえを気遣っていなかった俺が悪いんだ。だけど、もう大丈夫だ。おまえは絶対に傷つけさせない」

脩は狂おしく言いながら、ますます強く皐織を抱きしめた。

しかし、その時だった。

『ずいぶんと見せつけてくれるわね。そんなに番が大事なら、しばらくそこで一緒にいたら？』

女が嘲笑《あざわら》うように声をかけてくる。

『なんだと?』

脩はすかさず振り向いた。

が、一瞬の隙を突かれ、女が放った蹴《け》りをまともに食らってしまう。

「ああっ!」

「皐織!」

体勢を変えられなかったのは、皐織を抱きしめていたからだ。脩ひとりなら瞬時に体勢を立て直して反撃に移ることもできただろうが、皐織を巻き込むわけにはいかない。

結局、脩は皐織を抱いたままで、床に倒れ込むことになった。もちろん皐織を傷つけないようにちゃんと庇《かば》ったが、次の瞬間、ガラス戸がすーっと閉じる。

『何をする?』

脩はとっさに足を伸ばしてドアの隙間に挿し込んだ。

女は懐から銃を出し、容赦なく脩の足を撃つ。

「脩——っ!」

皐織が金切り声を上げる中、ガラス戸は完全に閉じてしまった。

「くそっ!」

悪態をついた脩に、皐織がしがみついてくる。

「脩! 足! 血だらけ!」

「大丈夫だ、皐織。これぐらいなんともない」

「でもっ、でも……っ」

「落ち着け、皐織。俺は大丈夫だから」

脩は壁の仕切りに背を預け、だらりと両足を前に投げ出した。それから着ていたシャツを脱ぎ、びりっと破いて撃たれた箇所を縛り上げる。

右足に二発、左に一発弾を食らっていた。右は太腿《ふともも》の肉をごっそり削がれ、左の一発は臑《すね》の骨の脇に食い込んでいる。

痛みはなんとか我慢できるが、両足ともやられたのは不覚だった。この状態では血が止まったとしても、皐織を連れて逃げる時に影響が出る。

だが脩は、その皐織を安心させるために、平気な振りを装った。

「脩、ほんとに大丈夫？」

「ああ、心配ない。それより、おまえのほうこそ大丈夫か？　さっき倒れた時、どこかぶつけなかったか？」

「ううん、平気。脩が抱いててくれたから」

皐織はゆっくりかぶりを振った。目尻にはいっぱい涙が溜《た》まっていたが、泣き叫ぶようなこともない。

ひどい体験を強いられても、気丈に堪えている皐織に、愛しさが込み上げてくる。

皐織はいつだってそうだった。

守ってやらなければならない弱い生き物ではなく、全力で自分を守ってくれようとする。

皐織はいつだって、自分を魅了する。

幼い日に、出会った瞬間から自分をとらえて離さなかった。

可愛らしく、守ってやらなければならない存在だった皐織は、いつ頃からか、ひどく本能を刺激する存在となり、そして今は、もう二度と手放せないと思うほどになっていた。

もう認めるしかない。

どんなに自分から逃がしてやりたいと思っても、もう遅い。

皐織はこの世でたったひとり、自分の番となる者だ。

「皐織、すまない」

「何？」

しみじみした声を出すと、皐織は僅《わず》かに首を傾げて訊き返してくる。

その皐織の肩をそっと抱き寄せて、脩は心からの言葉を贈った。

「皐織、おまえを愛している。おまえだけが、俺の番だ。おまえをもう二度と離さない。おまえは俺だけのものだ」

「脩……？」

皐織は驚いたように目を見開いた。

けれど、その瞳から瞬く間に涙が溢れてくる。

唇を震わせた皐織に、脩はかすかに微笑んだ。

「いいな、皐織？　嫌だと言っても、もう遅い。おまえは俺のものだ。絶対に逃がしたりしないからな」

愛の告白にしては、あまりにも傲慢《ごうまん》な台詞《せりふ》だ。けれども皐織は涙をこぼしながら、こくりと頷く。

さらに愛しさが込み上げて、脩は震えている唇をそっと塞いだ。

「んっ」

皐織は甘い呻きを漏らすが、脩は辛うじて触れただけで唇を離した。

もっと深く口づけたいのは山々だが、今はのんびり構えていられるような状況じゃない。

その時、まるでタイミングを計ったかのように、ヘルゲンの声が響いてきた。

『遠慮することはない。そのまま、そこで番ってみせてくれないか？　狼の本性を持つ君と、君が伴侶《はんりょ》に選んだ人間。しかも、女じゃなくて男だ。君たちがどういう風に繋がるのか、非常に興味がある。だから、頼むよ。そこでセックスしてみせてくれ』

脩がぎりっと睨んだのは、部屋の隅の天井近くに出現したモニターだった。

ヘルゲンは嬉々《きき》とした顔を見せ、脩の怒りが再燃する。

『おまえのように反吐《へど》が出る人間は初めてだ』

『やってみせてくれないのかね？』

『冗談じゃない。断る！　今すぐ俺たちをここから出せ！　じゃないと、おまえを絶対に咬み殺してやる！』

脩がそう脅しても、ヘルゲンはまるで動じない。それどころか楽しげに目を輝かせている。

『素直にやってくれないなら、その部屋に催淫剤《さいいんざい》でもばらまいてあげようか。気分を出してくれないと困るからね』

『なんだと？』

脩は眉をひそめた。

だが、そこでモニターの画像がふいに切れ、代わりに天井の反対側にあった換気口から、シューッと小さな音が聞こえてくる。

宣言どおり、催淫効果のあるものを注入されたのかもしれない。

「皐織、大丈夫だからな」

脩は皐織を守るように、胸にそっと顔をつけさせた。

なのに、顔を埋《うず》めた皐織はとんでもない提案をしてくる。

「脩、あいつの言うとおり、ぼくを抱いて」

「なん、だと？　おまえ、本気で言っているのか？　あいつは俺たちのことを観察して喜ぶような変態だぞ？」

驚いた脩がそう言い返すと、皐織は小刻みに首を振る。そして、脩の耳に口をつけるようにして小さく囁いた。

「霊珠はないけど、ぼくを抱けば脩の傷が治るかもしれない。言うとおりにしてれば、あいつらも油断するよね？」

「皐織、おまえ……」

脩はまじまじと、繊細に整った顔を見つめた。

嫋《たお》やかな姫君のようにしか見えない皐織だが、脩を見つめ返してくる双眸には強い光が宿っている。

こんな時だというのに、脩は皐織の美しさに否応《いやおう》なく惹きつけられた。

「それにね、脩。今日は満月だよ？　脩の《力》が最強になる日だし、そこにぼくから直接《気》を取り込めば、脩はきっと誰よりも強くなる」

脩は皐織の大胆さに瞠目《どうもく》した。

この状況できちんと冷静さを保っていられるとは、驚いた話だ。

「……なんだか、甘ったるい匂いが……」

皐織は囁くように言って、ほんのりと頬を染めた。

脩はそんな皐織を抱き寄せながら、眉をひそめた。

宣言どおり、催淫剤をばらまかれたのだろう。甘ったるさも鼻につくが、皐織をもっときつく抱きしめたくて、たまらなくなっている。

思惑どおりに動くのは癪に障るが、迷っている暇はなかった。皐織が覚悟を決めているなら、ここは敵の言うとおりに動いてみるのもひとつの手だろう。

油断させて隙を窺《うかが》い、降り積もった怒りをすべてぶつける。

そう覚悟が決まれば、もはや躊躇《ためら》いはない。

それに媚薬《びやく》など必要なかった。いつだって皐織を抱きたいと思っている。

「皐織、ほんとにいいのか？」

改めて念を押すと、皐織は熱い吐息とともに、こくりと頷いた。

「それなら、あっちの壁まで行くんだ」

脩はそう声をかけて、皐織を部屋の奥まで移動させた。

モニターで観察されているのは承知だが、皐織の姿だけはなるべく見えないようにしてやりたかったからだ。

まともに立てなかった脩は、床を這うようにして皐織のそばまで近づいた。

「脩……足は大丈夫？」

「俺のことは心配するな。皐織、おまえは絶対に助け出してやるからな。だから、しばらくの間、ここが檻だってことを忘れろ。俺だけを見てるんだ」

「うん」

健気に答えた皐織に、脩はやわらかく微笑みかけた。

撃たれた足には間断なく痛みが襲いかかるが、そんなことにかまってはいられない。

脩は皐織をなるべく怖がらせないように、そうっと頬から首筋までを撫でてやる。

皐織はすでに媚薬が効いていたのか、びくんと身体を震わせた。

熱い吐息を吐く唇を塞ぐと、皐織はすぐにぐったりと身体を預けてきた。

「んっ」

皐織を座らせているのは、部屋の角に当たる場所だ。モニターは対角線上にあるので、脩の背中しか見えないはずだ。

脩は皐織の姿をさらさないように細心の注意を払い、胸や腰を優しく撫でた。

服の上から愛撫しただけで、皐織の息が上がっていく。脩も徐々に興奮が抑えられなくなって、するりとシャツの中へも手を忍ばせた。

「んんっ」

つんと尖った乳首を探り当て、きゅっと摘むと、皐織がいちだんと甘い声を漏らす。

脩はその皐織の口を自分の肩につけさせ、さらに愛撫を続けた。

あの男が皐織の甘い声を聞いているかと思うと、怒りのあまり脳が焼き切れそうになる。

「んぅ」

ベルトをゆるめてスラックスの中まで手を潜り込ませると、皐織はすでに熱くなっていた。

こんな時だというのに可愛らしい反応を見せられて、脩はさらに興奮の度合いを高めた。

これは薬剤によるものじゃない。自分が皐織に魅了されているから起きる反応だ。

脩は優しく囁きかけながら、皐織の中心を搔き立てた。

「皐織、気持ちいいか？」

「ん」

皐織はびくっびくっと身体を震わせ、素直に快感を受け止めている。

だが、ゆっくり時間をかけていられないので、脩はすぐに皐織の後孔へと手を伸ばした。

「皐織、悪い。おまえをしっかり可愛がってやるのは、ここを出てからだ」

「ん、大丈夫」

皐織は健気に答えて脩の首に両腕を回し、愛撫を受けやすいように腰を浮かす。

敵だらけのこの場所で、そんな大胆な真似ができるのも、自分を信頼しているからこそだろう。

皐織に対する愛しさが増し、脩はそろりと後孔をまさぐった。

「皐織、おまえだけだ」

赤くなった耳を舌先でぺろりと舐めながら囁くと、皐織はぎゅっとしがみついてくる。

脩は様子を窺いつつ、注意深く皐織の後孔に指を埋めた。

先に達かせてやることもできないので、乾いた場所を極力ゆっくり解《ほぐ》していく。

「ん……、ふ、く……っ」

皐織が漏らす吐息がさらに甘くなり、脩はそっと指を抜いた。

「皐織、後ろ向きになれ。おまえは絶対に見えないようにする」

「うん」

脩は皐織の腰をかかえて、うつ伏せにした。肌を見せてやる気などさらさらないので、自分の身体で隠しながら、下着ごとスラックスを下げる。

動物実験の様《さま》でも観察しているつもりなのだろう。モニターからはなんの物音も伝わってこないが、じっと見られている視線だけは強く感じた。

大事な皐織をこんな目に遭わせた代償は、あとできっちりと払わせる。

ヘルゲンの喉笛に牙を立ててやる瞬間を想像しながら、脩はゆっくり皐織の腰を引き寄せた。

「皐織、すまん。なるべく負担がかからないようにする」

「大丈夫、だよ……。脩にされるなら、平気、だから……。脩こそ、怪我したとこ、気をつけて」

健気なことを言う皐織をいっそう愛しく思いながら、脩は滾ったものを取り出し、狭い場所にゆっくり埋め込んだ。

「皐織……」

「ん、……脩……」

深く繋がった瞬間、皐織は喉を仰け反らせ、ぎゅっと締めつけてくる。

脩はえもいわれぬ快感に浸りながら、静かに動き始めた。

「んんっ、……う、くっ」

弱い場所を集中して擦ってやると、皐織は我慢しきれないように、甘い喘ぎをこぼす。

それと同時に、脩の体内でもさらに熱く血が滾った。その熱い血が全身を駆け巡り、傷ついた両足にも達する。

皐織を深く犯すたびに、壊れた細胞が修復されていくのを感じた。

「皐織、達きたいなら達っていいぞ」

「脩……脩……っ」

ひと突きごとに皐織の喘ぎが激しくなり、脩はそれと合わせるように、皐織の前も愛撫してやった。

「あ、……あ、ぁ……」

皐織がびくっと震え、脩の手に熱い滴を迸らせる。

堪えきれなくなった脩も、皐織の中から滾ったものを引き抜くと同時に欲望を吐き出した。

「皐織、大丈夫か？」

「ん、大丈夫」

うつ伏せだった皐織を抱き起こし、そのまま向かい合わせで座らせる。

皐織は気丈に笑ってみせ、脩もまた安心させるように微笑みかけた。

相手の要求をのんでやったのだ。これからは反撃があるのみだ。

脩はそっと皐織の耳に口を寄せ、逃走の計画を教えた。

「わかったな、皐織？　俺を信じてくれ」

「うん、わかった」

脩は皐織の乱れた髪を手で梳《す》き上げて、それから触れるだけの口づけを落とす。

そのあと脩は、ゆらりと立ち上がった。

撃たれた足にはまだ血がこびりついているが、傷口はすっかり塞がった。皐織が推測したとおり、命名者と直接繋がったことで傷が癒えたのだ。

それだけではなく、脩は己の中に、今までにないほど強大な《力》が満ちていることも感じ取っていた。

『おい、おっさん。セックスしたら喉が渇いた。それに腹も減った。何か食べるものを持ってこい』

横柄に呼びかけると、すぐにモニターが明るくなる。

ヘルゲンは、嬉しげに首を縦に振った。

『いいとも。すぐに用意させよう』

『おい、飯のあとは排泄《はいせつ》だ。まさか、この部屋で垂れ流せというわけじゃないだろうな。あんたが俺で実験するつもりなら、被検体は大事に扱ってもらおう』

『わかった。すぐに対処する』

ヘルゲンはなんの疑いも持たず、上機嫌で答えただけだ。

脩は不敵に笑いながら、これからの段取りを反芻《はんすう》した。

ガラス戸はセンター管理。ここを開けさせるのがポイントだ。

しばらくして、ガラス戸の向こうにふたりの男が姿を現した。食事の載ったトレイを持った巨漢の男は普通の人間。そしてもうひとりは、ブラックの仲間だ。

脩は脇の壁に背中を預け、ゆったり腕を組んで男たちの様子を眺めていた。

待つほどもなく、ガラス戸がすーっと開く。

巨漢の男が小部屋の中に一歩足を踏み入れたせつな、脩は行動を起こした。

急所に思いきり蹴りを入れる。

「ううっ！」

男がトレイを落として腰を折った瞬間、背中を踏みつけてブラックの仲間に飛びかかる。

首の急所に手刀をお見舞いすると見事に決まって、男はあっさり床に倒れた。

呻きながら蹲《うずくま》っている巨漢の首にも手刀を打ち込んで気絶させる。

「皐織！」

脩が声をかけた時、皐織はちょうどモニター目掛けてトレイを叩きつけたところだった。壊れてくれたらラッキーぐらいに思っていたが、モニターは完全に機能を停止している。

「脩、やったよ?」

興奮気味に振り返った皐織に、脩は思わず笑みを向けた。

「おまえ、見かけによらず力持ちだな」

「うん」

皐織は得意げに腕を曲げてみせる。

だが、問題はここからだった。

脩は気を失っている男を小脇にかかえ、ぴたりと閉じたドアに向かった。

覚えておいたパスコードを打ち込み、男の指紋を当てる。まぶたも無理やり開けてセキュリティーを突破した。

「皐織、こっちだ」

脩は皐織を急かして、エレベーターに乗り込んだ。

直通で地上まで行ければいいが、癪に障ることに、白髪の男の部屋がある階で乗り換えなければならない。

いつまでもブラックの仲間を抱えていても仕方がないので、エレベーターが閉まる寸前、外に蹴り出してやる。

「皐織、エレベーターから出た時が勝負だ。俺の後ろにぴったりついてろ。離れるんじゃないぞ」

「わかった」

「おまえは必ず逃がしてやるから、安心しろ」

「脩もだよ？　一緒に逃げよう」

「ああ、わかった」

そう言って視線を絡ませたのは、ほんの一瞬のことだ。

エレベーターが地下一階で停止し、ドアがすーっと開く。

「皐織、息を止めて床に伏せろ！」

ドアが開いたとたん、吹きつけられたのは白いガスだった。

おそらく麻酔が仕込んであるのだろう。

しかし脩はガスを吸い込む前に、麻酔銃を手にした男を叩きのめした。

『逃げられると思うなよ』

『おまえに逃げられると、俺たちが困るんだ』

『あの博士には色々世話になってるんでね』

ずらりと雁首《がんくび》を揃えていたのは、ブラックの仲間たちだった。脩の案内役だった女もいる。

狼に変化はしていないものの、皆、一様に殺気を漲らせていた。

全部で六人。過去にはあっさり深手を負わされた。今は皐織という枷《かせ》もある。

だが脩は冷静に判断した。

皐織のお陰で《力》が漲っている。六人相手でも、まったく負ける気がしなかった。

以前のように根拠もなく過信しているわけではない。今の脩にはそれだけ強大な《力》が宿っているのだ。

油断なく皆を睨みつけていると、背後で皐織が不安そうな声を上げる。

「脩、エレベーターが動いた。下から誰か上がってくる」

かすかな機械音は脩の耳にも達していた。そして、いやな匂いも近づいている。

「皐織、俺のそばを離れるな」

脩は、皐織を後ろに庇いながら、じりじりと廊下を移動した。

地下五階からのエレベーターが運んでくるのは、檻から放たれた獣たちだった。仕切りを開け、うまく上へと誘導しているのだろう。

大抵の獣は支配下に置けるが、中にはライオンや虎もいる。

いよいよ状況が緊迫する中で、脩はさっと黒と銀の艶やかな被毛に覆われた狼に変化した。

五人の仲間もそれぞれ狼に変化する。

互いに睨み合いながら対峙《たいじ》していると、エレベーターが到着し、中からさっと大型獣が飛び出してくる。

「ああっ！」

野生の牡ライオンと虎を見て、皐織が鋭く声を上げる。

乱入者はじろりと狼の群れを睨み、それから脩の背後に隠れている皐織に目をつけた。まずは弱い者から片づけようとでもいうように、皐織に狙いを定めたのだ。

気丈にしていた皐織も、本物の猛獣の出現で恐怖を感じたのか、さっと身体を強ばらせる。

狼だけを相手にするなら問題はなかったが、新たな敵の動きは予測がつかない。

だが脩は、全身に沸々《ふつふつ》と闘志を漲らせた。

皐織は大事な番だ。それを狙う者は、なんであろうと排除する。

「ガウゥゥ――――ッ」

脩は恐ろしい咆吼《ほうこう》を放った。

番に手を出す者は許さないという宣言だ。

脩の本気を感じ取った乱入者は、とたんに興味をなくしたように歩み去っていく。

それを勝機とみて、黒や茶色の狼がいっせいに飛びかかってきた。

『ガルルッ』

『グワッ！』

脩は素早く身を翻《ひるがえ》し、最初の敵の首に牙を食い込ませた。ガブッと咬みついただけで、襲いかかってきた次の相手を鋭い鉤爪《かぎつめ》で薙《な》ぎ払う。

次の敵が隙を狙って咬みついてきたが、軽くいなして前肢《まえあし》に深々と牙を食い込ませる。

脩は次々に敵を屠《ほふ》りながらも、絶えず皐織に注意を向けていた。

三年前はまるで敵わなかったが、今は六頭同時に相手にしても、まだ余裕があるほどだ。

皐織という命名者がそばにいることで、脩の《力》は最大限に解放されていた。

北米一の《力》を持ち、群れを統べる王として君臨していた父。葛城家にも気高い日本狼の血が流れているという。そして今の脩には、天杜の一族が持つ《力》も加わっていた。

無機質なフロアに大量の血が撒き散らされる。そこには脩の血は一滴も混じっていない。

勝負はあっけないほど簡単に決した。

脩は群れの長であるブラックの背にのしかかり、冷徹に命じた。

『おい、これ以上血を流したくなければ、地上まで案内しろ』

『グウゥ……ジェシカ……案内してやれ』

ブラックは苦しげな声を発し、それに応えて比較的傷の浅かった女が人型へと変化する。

全裸のジェシカはよろよろと、もう一台のエレベーターに向かい、脩は皐織を守るように並んであとに続いた。

《力》は完全に脩が上。そう認めた群れは、脩が後ろ姿をさらしても、もう襲いかかってこなかった。

『シルバの息子……おまえが俺たちの王だ』

ブラックがそう語りかけてきたが、脩は振り返りもしなかった。

エレベーターが解錠され、皐織を連れて乗り込もうとした時、奥の部屋から恐ろしい絶叫が響き渡る。

脩は、すんと鼻先をうごめかしただけで、事情を察した。

野生の猛獣どもが、どうにかしてセキュリティーを突破し、ヘルゲンの部屋に入り込んだのだろう。人間のスタッフも大勢使っているはずなのに、誰も助けには来なかったらしい。

そして、銃や麻酔銃などを使う暇もなかったようだ。

ヘルゲンがどうなろうと、全部身から出た錆《さび》だろう。

脩にとって大事なのは、皐織を無事にここから連れ出すこと。それだけだ。

エレベーターが地上階に着き、脩はゆっくり建物から出た。

「脩、ごめん」

安心したせいか、そこで皐織がくたくたと力が抜けたように頽《くずお》れる。

脩はとっさに人型に戻って、そんな皐織を抱き上げた。

「大丈夫か、皐織？」

「ごめん……ちょっと怖かった」

恥ずかしげに告白する皐織に、さらに愛しさが増す。

「俺のせいで怖い思いをさせたな。でも、もう大丈夫だから」

「うん、脩がそばにいてくれるから、もう怖くない」

皐織は頬を染めながら、脩の胸に顔を伏せた。

とにかく、ここから退散するのが先だ。

「じゃ、このまま家まで抱いていってやる」

「え？　だって脩、裸だよ？　それに、ここ遠いし」

「平気だ」

脩は真面目にそう言い切って、堂々と全裸のままで皐織を横抱きにして歩き出した。

頭上を仰げば、満月が冴《さ》え冴《ざ》えとした光を放っている。

『シュウ、我らの王になってはくれないのか？』

歩み去る脩に、ジェシカがぽつりと訊ねてくる。

脩は振り返りもせずに、冷ややかに言い切った。

『俺はもうおまえたちの仲間じゃない。俺の仲間は日本にいる。おまえたちはアメリカに帰れ。そして、もう二度と日本には来るな』

拒絶されたジェシカは深いため息をついた。

そして、それを最後に、脩は穢れた場所をあとにしたのだ。

だが、問題はこれで終わりではなかった。

脩の鼻は、研究所の敷地の入り口に、待ち構えている者の存在を嗅ぎ当てていた。

「まさか、兄様？」

皐織が兄ふたりの姿を見つけて、驚きの声を上げる。

黒のセダンの運転席には九条の次男。そして車の外で腕組みをして立っていたのは、当主の諸仁だった。

洗練されたビジネススーツに身を包み、これ以上ないほど不機嫌な顔をしている。

「脩、兄様が迎えに来た。もう歩けるから下ろして」

皐織が慌てたように言うが、脩は応じなかった。

焦りぎみに身体をよじる皐織を無視して、横抱きにしたまま九条家の者たちに近づいていく。全裸であろうと、脩の歩みには少しも迷いがなかった。

「ずいぶんといい格好だな」

諸仁が皮肉を口にするが、脩はそれをさらりと受け流した。

車の横まで来て、ようやく皐織を腕から下ろす。

「ご心配をおかけして、すみませんでした」

脩は深々と頭を下げた。

だが、すぐに姿勢を正して言葉を続ける。

「申し訳ないですが、皐織と俺を送ってもらえますか？　俺のマンションまで」

「皐織と俺を、だと？」

聞き咎《とが》めた諸仁が、眉間《みけん》に皺《しわ》を寄せる。

「そうです。皐織は俺のところへ来る途中でした。ですから、一緒に送ってください」

悪びれもせずに言ってのけた脩に、諸仁は冷たい怒りを爆発させた。

「これだけのことをしでかしておいて、よくもそんな口がきけるな」

「兄様、脩が悪いわけじゃないんです。ぼくが油断してたから……っ」

皐織は懸命に間に割って入る。

脩はそれを手で制して、怒りをあらわにしている諸仁に向き合った。

「いいんだ、皐織。俺はおまえを貰《もら》い受ける許しを得なくてはいけない」

「私がそんなことを許すとでも思っているのか？」

にべもなく言い切られても、脩は退かなかった。

「たとえ許しがなくとも、皐織は貰い受けます。皐織はもう俺の番ですから」

「はぐれ者の狼風情が、私を敵に回して勝てるとでも思っているのか？」

「はい。今の俺なら、あなたにも負けません」

身に纏《まと》うものすらない全裸の脩と、堂々としたオーラを発する九条家の長。

狼と虎が本気で闘えば、決着はどうなるのか。それは、やってみなければわからない。

だが、絶対に退く気はなかった。

諸仁は凄《すさ》まじいばかりの殺気を放ち、そばで皐織がびくりと震える。

それでも脩は視線をそらさず、真っ直ぐに天杜一族の長を見据えた。

「兄さん、この狼、どうやら本気のようですが、どうします？　ここで決着をつけるなら、それでもいいですが、皐織はずいぶん疲れている様子です。時間がかかるようなら、皐織だけ連れて先に帰りますが」

運転席からのんびりと声をかけてきたのは嗣仁だった。

揶揄《やゆ》するような調子に、諸仁が不快げに眉根を寄せる。

「先に帰るなら、この狼も一緒に送ってやれ」

意外な言葉に、脩ははっとなった。

皐織も驚いたように諸仁を凝視している。

九条家の長は、それきりで皆を無視して、今し方脩が抜け出してきたばかりの研究所へと足を向けた。

「兄様はいったい何をしに？」

呆然としたように呟いた皐織に、運転席の嗣仁が片手をひらひらさせながら答える。

「兄貴は真面目だからな。後始末をしに行くんだろ。この怪しげな研究所を自分の目で確かめる目的もある」

「えっ」

思いがけない言葉に皐織が声を上げる。脩は真剣に嗣仁を見つめた。

「後始末なら、俺も行きます。皐織さえ無事なら、これでもう何も気兼ねすることはない。皐織のこと、よろしくお願いします」

脩はそう声をかけ、きびすを返そうとした。

しかし、嗣仁にすぐさま制止される。

「おいおい、兄貴のあれは、鬱憤を晴らすのも兼ねてるんだから、邪魔するなよ。おまえがのこのこ出て行ったら、兄貴、またすねるだろう」

「すねる？」

思わず問い返した脩に、嗣仁は肩をすくめた。

「あの人、皐織のこと溺愛してるんだ。おまえには二度も皐織を取られた。今はまさに花嫁の父親って気分なんだろ。好きにさせといてくれ。ずっと不機嫌を引きずられちゃ、こっちが困るからな。さあ、さっさと車に乗れ」

脩は諸仁のことが気になりつつも、素直に後部座席に収まった。

皐織も助手席ではなく、横に乗り込んでくる。

嗣仁はすぐに車をスタートさせた。

諸仁はどう後始末をつける気だろう。だが、これでまた九条家に借りができたことになる。

脩がそんな思いに駆られていると、皐織がそっと身体を預けてくる。

脩は皐織の肩を優しく抱き寄せた。

皐織はこうして無事だった。
だから、今はこのささやかな幸せだけを噛みしめていればいい。

嗣仁に送られて脩のマンションまで戻ってきた皐織は、どうしていいかわからないほどの羞恥に駆られていた。

今までずっと追いかけているだけだった脩が、やっと自分のことを認めてくれたのだ。

それだけではなく、脩は自分を愛しているとも言ってくれた。

幼い頃から脩だけを追いかけ、これが愛だと気づいてからも、ずっと不安だった。

自分だけが脩を好きで、脩のほうは迷惑に思っているのではないかと……。

だけど、脩の想いも自分と同じだとわかった。

だから胸が震えるほど嬉しい。なのに、今になって恥ずかしさが込み上げてきて、脩の顔をまともに見ていられなくなる。

「皐織、湯が溜まったから、風呂に浸《つ》かれ」

「うん」

自分をマンションまで連れて帰ると宣言したくせに、脩は先ほどからずっとそっけない態度を取っている。

もちろん気遣ってくれているのだが、研究所や車の中で感じていた親密さは失われていた。

皐織は急かされるままに、狭い風呂場へ行った。

「ゆっくり浸かれよ」

「うん、ありがとう」

皐織は窮屈な脱衣場で汚れた服を脱ぎ、温かな湯に疲れた身体を沈めた。

身体の奥まで心地よさが染みていくようだ。けれども、ふっと自分の素肌に視線を落とし、皐織は我知らず赤くなった。

研究所の小部屋で脩に抱かれたことを思い出してしまったのだ。

脩と番っているところを、あのおかしなドクターが見ていたかと思うと、羞恥と悔しさがない交ぜになって、たまらない。

でも、脩が最大限に気を遣ってくれたせいで、恐怖だけは感じなかった。

それどころか、あの時一回抱かれただけでは、とても満足できないような感じで……。

皐織は身体の芯が熱く疼くようで、さらに羞恥に駆られた。

自分はいったいどこまで貪欲《どんよく》になったのだろう。

あの時、おかしな催淫剤を吸ったから、そのせいだろうか。

でも、あれからずいぶん時間が経っているのに、影響が残っているとは考えにくい。

だとしたら単純に、自分自身がおかしくなっているだけだろう。

「あ、やだ……っ」

考え事に耽《ふけ》っていた皐織は、いつの間にか中心が熱くなっていることに気づき、焦った声を上げた。まさか、風呂に浸かっていて、こうなるとは思いもしなかった。

「やだ、どうしよう」

鎮めようと思っても、そこはますます硬く張りつめていく。

どうしていいかわからず、皐織はパニックに陥りそうだった。

湯船に浸かっているのに、自分で始末するなんて考えられない。うっかり触れば、さらに身体がおかしくなりそうだ。脩に助けを求めようにも、こんな有様を見られるのは羞恥の極みだ。

だが、その時ふいにバスルームのドアが開けられる。

「皐織、いい加減出て来い」

突然顔を覗かせた脩に、皐織は焦りを覚えた。

さっと両手を交差させたが、いやらしく張りつめさせているのを気づかれるかもしれない。

「ま、待って、まだ……っ」

「早くしろよ、皐織」

「そんな……だって、脩がゆっくり温まれって言ったのに」

慌てて抗議すると、脩は思いきり顔をしかめた。

「ああ、そう言ったのは俺だ。だが、我慢できなくなった。それに、ここのバスルームは狭くて、一緒に入るわけにもいかん。だから、早く出てこい、皐織」

「ええっ、そんな……」

脩は明らかに誘っている。

それに気づいた皐織は、さらに窮地に追い込まれた。

入り口で立ち塞がったまま、脩はじっとこちらを見ている。そんな中で湯船から出るわけにはいかない。おかしな反応をしていることが、いっぺんにばれてしまう。

「いやだ、もっとゆっくりしたい。だから、脩は出て行って」

皐織はふいっと脩から視線をそらし、懸命に頼み込んだ。

でも、無視するような態度を取ったせいで、脩が思わぬ行動に出てくる。

「待ちきれないと言っただろう。今すぐおまえを抱かせろ」

あろうことか、脩はバスルームに乗り込んで、皐織の手をぎゅっとつかんできた。

「ああっ」

乱暴に立ち上がらされて、皐織は悲鳴を上げた。

なのに脩は、そのまま皐織を荷物のように肩に担ぎ、バスルームから運び出してしまう。

脩の部屋はワンルーム。長い足で十歩も歩けば、すぐにベッドにぶつかる。

皐織は濡れた身体のまま、どさっとそのベッドに下ろされた。

「何するの？」

脩の視線から逃れるように身をよじりながら、皐織は険しい声を出した。

しかし脩は、皐織の言葉には耳も貸さず、バスタオルを片手にベッドに乗り上げてくる。

「いやだ、脩」

皐織は懸命に抗ったが、脩の手で乱暴に濡れた身体を拭《ぬぐ》われた。

そして、隠しておきたかった場所も、すべて見られてしまう。

「皐織、おまえ……」

呆れたような声を出した脩に、皐織は思わず自分の両手を顔に当てた。

羞恥がそうさせたのだが、両手を使ったせいで肝心な場所が無防備になる。

「ここ、俺のことを考えていて、こうなったのか？」

熱くなった場所をするりとなぞり上げられて、皐織は生きた心地もしなかった。

恥ずかしさで死んでしまいそうだ。

「いやだ、脩」

皐織は子供のように首を左右に振った。

すると脩が、宥めるように濡れた髪を梳き上げてくる。

「いやだ、じゃないだろ。俺はおまえを番にすると言った。だから、これからは毎日おまえを抱く」

「えっ？」

皐織は驚きで目を見開いた。

思わず脩を見つめると、にやりと口元をゆるめている。

「嘘だと思っているのか？　俺は本気だぞ。おまえは俺の番。だから、毎日おまえを抱く。それに今夜は満月だ。このところ、どうも満月になると身体が疼いてたまらなかった。どうやら俺は、満月ごとに盛りがつく身体になったらしい。満月の夜は一度だけじゃ終わりそうもない。何度もおまえを抱くからな」

「脩……」

皐織は唇を震わせた。

ひどく横暴な言い方だが、何故か身体の芯が痺れてくるようだ。

脩が独占欲を丸出しにするように自分を求めていると知って、胸の奥もじわりと熱くなる。

「こんな俺では嫌か、皐織？」

「ううん、脩……。嫌じゃない」

皐織はゆるりとかぶりと振った。

すると脩が極上の笑みを見せながら、口を寄せてくる。

しっとりと唇が合わされて、皐織の波立った気持ちがすっと軽くなった。

恥ずかしくてたまらないけれど、脩が本心をさらけ出してくれているのが嬉しい。

自分だって脩が欲しくてたまらなかった。だから、それが身体を重ねる行為そのものであっても、求められているのが嬉しかった。

「んぅ」

優しい口づけはすぐに舌を絡める深いものになる。

脩の舌で口中をくまなく探られて、皐織はいつの間にか夢中で甘いキスに応えていた。

口づけを続けながら、脩の手が皐織の素肌を滑り出す。

胸に留まった手は、皐織が思わず身をよじるほど、執拗《しつよう》に乳首を弄りまわす。

「やっ、そこばかり」

「おまえはここが好きだろう？」

脩は意地悪く言いながら、今度は腫《は》れ上がった先端に歯を立ててきた。

「ああっ」

ひときわ鋭い快感に襲われて、皐織は高い喘ぎを放った。腰までびくんといやらしく突き上げてしまう。恥ずかしさで死にそうになりながら、皐織はさらに腰をくねらせた。

「虐《いじ》め甲斐のある可愛い乳首だ。ぷっくり勃ってしまったぞ」

「いやだ、恥ずかしいことは言わないで」

「それじゃ、乳首じゃなくて別の場所にするか？」

上にのしかかっていた脩は少し身体をずらし、今度はそそり勃ったものに目をつけた。

「え、やだ……そんな……っ」

皐織は焦った声を上げたが、張りつめたものを全部口に咥えられてしまう。

そのとたん、圧倒的な快感が湧き起こり、皐織はいっそう身体を震わせた。

「ああっ」

熱い舌が絡みつき、縦横に舐めまわされる。

脩に舌を使われ、そのうえ張りつめたものを手でも撫でさすられると、どうしようもなく高まってしまう。

「ああっ……あっ、……あぅ、く、ふ……っ」

あまりの気持ちよさで、皐織は連続して嬌声《きょうせい》を上げた。

刺激された先端からじわりと蜜が溢れてくる。

脩は窪みにねっとり舌を這わせ、甘さを味わうように丁寧に舐め取っていく。

「や、あっ、……うぅ……」

どんなに堪えようと思っても、甘い喘ぎが止められない。

熱い痺れが身体中に広がって、頭がおかしくなりそうなほど感じてしまう。

なのに脩は、喉の奥まで迎え入れるように深く皐織を咥える。そのうえじっくり吸い上げられると、本当にたまらなかった。今にも脩の口に吐き出してしまいそうになる。

「や、っ……も、もう……離してっ、が、我慢できな……いっ」

「それなら、我慢しないで達けばいい」

「ああっ、やっ、ひとりじゃ……い、や……っ」

懸命に訴えると、脩は舌打ちしながら皐織を離した。

そして再び上体を乗り上げてきて、皐織を抱きしめる。

「皐織、これ以上俺を煽るな。我慢できなくなってしまうだろう」

「脩」

皐織は頬を熱くしながら微笑んだ。

「くそっ！」

脩は悔しげに舌打ちしながら、皐織の腰を両手で持ち上げた。

くるりとうつ伏せの体勢を取らされて、皐織の羞恥はますます高まった。

腰だけ高くさせられているのに、脩は双丘をいやらしく撫で回す。

恥ずかしさで腰を揺らすと、今度は両手できゅっと尻をつかまれた。

「やだ」

「おまえはやだ、やだばかりだな。少しは自分から欲しがってみろ」

「そんなの、恥ずかしいから無理」

「仕方ないな」

脩はため息をつくように言う。

だが、そのあとそっと後孔に口を近づけてきた。

「んっ」

皐織は思わず息を詰めた。

初めてじゃないから、脩が何をしようとしているのかわかってしまう。

それでますます恥ずかしさが増した。

「んんっ」

固く閉じた場所をそろりと舐められて、また腰が揺れてしまう。その隙を突くように、脩の舌があわいを何度も行き来した。

「やっ、……ああっ」

あんな場所を舐められるのが恥ずかしい。それ以上に、感じてしまう自分が信じられなくて、皐織は思わず枕に縋りついた。

脩は丁寧に唾液を送り込むように、蕾を舐めほぐしている。何度も何度も熱い舌が行き来して、そのうち舌先が中まで潜り込んできた。

研究所で一度脩を受け入れている。だから、固い蕾はすぐにやわらかくなり、あろうことか脩の舌を求めてひくひくと蠢《うごめ》き出してしまう。

「ああっ、や、あっ」

皐織はもぞもぞと腰を震わせた。

中心がさらに張りつめて、今にも達ってしまいそうだ。でも、このままひとりで達ってしまうのはいやだ。

今日は大変な一日だったけれど、記念すべき日ともなった。

想いが通じ合って、これからずっとお互いにそばにいると誓った日だ。

だからこそ、ちゃんと脩に愛されたかった。

「皐織、我慢せずに達っていいぞ」

皐織の様子を察した脩が、そう声をかけてくる。皐織は必死に首を左右に振った。

脩はそのうち、つぷりと指を挿し込んでくる。

「あぁっ」

最初から狙ったように弱い場所を抉られると、鋭い愉悦に目が眩《くら》みそうだった。

長い髪が乱れに乱れて、白い背中で波打っている。いっそう敏感になった肌は、さらりと髪が滑っていく感触にも反応する。

「もう、だ、めっ……しゅ、脩……、お願い……っ」

皐織は息も絶え絶えで訴えた。

脩はするりと指を抜き、ぬかるんだ場所に滾ったものを擦りつけてくる。

「皐織……」

「あ、あぁ、……ぅぅ」

ゆっくり奥に押し入ってくる脩に、皐織は恍惚《こうこつ》とした呻きを漏らした。

喉を仰け反らせ、背中も目一杯反らせて、より深く脩を受け入れる。

脩は両手で皐織の腰をつかみ、弾みをつけるように奥の奥まで入ってきた。

「皐織、おまえだけだ」

「ああっ、……ふ、くぅ」

脩がゆっくり動き出し、皐織はぎゅっと中の脩を締めつける。

後ろから犯されるのは、獣が番う形だ。

脩の顔が見えないから、今まではこの体位が嫌いだった。でも、自分は狼の番になった。

だから、今はどんな形でも、繋がっていられるのが嬉しかった。

「脩……ずっと一緒だよ」

「ああ、ずっと一緒だ」

「嬉しい……ああっ」

いきなり脩が動きを速め、皐織は悲鳴を上げた。

けれども脩は怒ったように激しい動きを続ける。

「くそっ、おまえを抱いていると、いつも余裕がなくなる」

脩は両手でしっかり皐織を抱きしめ、さらに激しく動いてくる。

下からぐいっと何度も突き上げられて、皐織は一気に上り詰めそうになった。

「あっ、あっ！」

激しく動かれるたびに敏感な壁が抉られ、それでまた快感が噴き上げてくる。

最奥まで繋がったままで腰を回されると、悦楽の深さに目が眩み意識まで飛んでしまいそうになる。

「皐織、気持ちいいか？　達きたかったら、何度でも達け。何度でも、おまえが満足するまで、ひと晩中抱いてやる」

脩は皐織の腰をつかみ、ぎりぎりまで灼熱を引き抜いてから、再び深く串刺した。

「あっ、あぁっ……あ、うぅ……くっ」

激しい動きで腰がよじれ、張りつめたものが今にも弾けそうになる。

皐織は懸命に枕にしがみついたままで、激しい動きに耐えた。

でも、これ以上は我慢できない。おかしくなってしまう。

そう思った瞬間、ひときわ激しく深々と貫かれる。

「皐織、おまえを愛している」

「あ、ぁっ……ぁ……っ」

背中からぎゅっと抱きしめられて、皐織は掠れた悲鳴を上げながら欲望を吐き出した。

「くっ」

くぐもった声が響き、脩の欲望も浴びせられる。

大量に放たれた熱いもので満たされ、皐織はぶるりと震えた。

「皐織……おまえは俺の番。だから、何度でも抱く」

傲慢な台詞が耳に達し、皐織は涙をこぼした。

脩が繋がりを解き、次には正面から向かい合う形で抱きしめられる。

「これから、ずっと一緒だね」

「ああ、ずっと一緒だ」

もう何度目になるかわからない誓いを聞いて、皐織はしっかりと脩にしがみついた。

「皐織、もう一回だ」

「うん」

脩は飢えたように皐織を見つめて腰を抱え直す。

でもシャツを着たままで、辛じく胸を覗かせているだけだ。なんだか悔しくなった皐織は、自ら手を伸ばして邪魔なものを脱がせにかかった。

「ぼくだけ裸なのは恥ずかしい。脩も脱いで」

「ああ、わかった」

けれども全部脱がせる前に、脩が逞しいものをねじ込んでくる。

今達ったばかりなのに、脩は獰猛に張りつめたままだ。

「ああ……っくぅ」

いきなり最奥まで貫かれ、皐織は悲鳴を上げた。

けれども、その口もすぐに塞がれてしまう。

そうして、激しい交合は朝方まで幾度となく続いたのだ。

†

翌朝、目覚めた時、脩は腕にかかる心地よい重みにふっと口元をゆるめた。

皐織は脩の肩に可愛い顔を埋めるようにして、眠り込んでいる。

皐織を朝まで眠らせておいたのは初めてだ。

昨夜、九条には堂々と、皐織を番にすると宣言した。それでも、ちくりと罪の意識を感じてしまう。皐織に対する責任の重さを思うと、身が引き締まるような気持ちになる。

怪しげな研究所の後始末を九条に任せてしまったことにも、罪悪感を覚えた。

狼の仲間についても、このまま放置というわけにはいかないだろう。いずれ近いうちに、他の群れとも会って、きちんと話をつけるべきだ。

そして、もう二度と九条の手を煩わせないようにする。

皐織の寝顔を飽かずに眺めながら、脩はそんな決意を固めていた。

その時ふいに、皐織がぱっちりと目を覚ます。

「あ、……脩……だ」

ぽつりと放たれた声に、脩は片眉を上げた。

抱いている時はあれほど自分を煽る皐織が、今は子供のように見える。

脩はそっと皐織の頭に手をやって、乱れた髪を梳き上げてやった。

「脩、……朝まで一緒だったなんて、ぼくは夢を見てる?」

「いいや、夢じゃないぞ」

「そうか……夢じゃないのか……よかった」

皐織はそう言って、ふわりと微笑んだ。

愛しさが込み上げて、脩は細い身体を抱きしめた。

「脩、あのね、ぼく報告したいことがあったんだ」

「なんだ?」

ベッドに身を横たわったままで問い返すと、皐織は恥ずかしげに頬を染める。

「ぼく、進路を決めた」

「進路?」

「うん、進路。脩はお医者さんになって、天杜村に戻るでしょう?」

「ああ、そのつもりだ」

だから、おまえもその時は一緒についてこい。

脩はそう続けるつもりだったが、皐織が一瞬早く口を挟む。

「だからね、脩。ぼくは生物学者になることにした」

「生物学者?」

「生き物のことを研究して、いずれは脩の役に立つような成果を上げる。脩やうちの兄様たち、それに天杜村の人々。ぼくらの存在は、一般の社会には認められていない。絶対的に秘密にされているわけだけれど、実のところ、脩の生態だって、よくわかってはいないでしょう? だから、ぼくはその神秘の存在の研究がしたい。もちろん世間には知られないように、少しずつだけどね。だから脩、ぼくは天杜村には帰らないと思う」

「皐織……おまえ」

ここへ来ての爆弾発言に、脩は思わず上体を起こした。

皐織もつられたように起き上がるが、脩はまだ何を言っていいかわからなかった。

正直なところ、皐織がこんなことを言い出したのがショックだった。ようやく互いの想いを伝え合い、何もかもこれからという時だ。なのに、数年先のこととはいえ、別れて暮らすという宣言をされたのだ。今まで皐織を邪険に扱かってきたせいで、罰を食らわされたような気分になる。

「ごめんね、脩。脩が天杜村に戻っても、ぼくはついていけないと思う。だから、その時は脩が会いに来てね」

脩は反対だという言葉が喉まで出かかったが、それを辛うじてのみ込んだ。

「そんな何年も先の話を、今決めることないだろう」

苦虫を嚙《か》み潰《つぶ》したような顔で言うと、皐織はゆっくり首を左右に振った。

「脩はぼくを愛していると言ってくれた。ぼくも脩を愛してる。だから、ぼくは脩のためにできることがあるなら、なんでもしたいと思ってる。脩がどんな存在なのかはっきりすれば、きっと色々なことが違ってくると思う。ぼくは脩を幸せにしてあげたい。脩が幸せなら、ぼくも幸せになれるから……。だからね、脩……これはふたりで幸せになるためだよ?」

真摯《しんし》に訴える皐織を、脩は眩しい思いで見つめた。

自分が番にした皐織は、守ってやるだけの存在ではない。

美しいだけではなく、凜《りん》とした強さも秘めている。

脩は胸の中でため息をついた。

天杜村は今後ますます過疎化が進むだろう。皐織をそんな寂れた村に縛り付けておくことはない。東京に残ると言うなら、そうさせてやるべきだ。

それに、今まで決心がつかず、皐織を散々待たせてしまった。その罪滅ぼしのためにも、自分が皐織に会いに通えばいいだけの話だ。

脩が黙り込んだせいで、皐織は少し不安そうな顔をする。

「まだまだ先の話だ。だけど、その時が来たら、いいぜ。俺が東京まで通ってきてやる」

そう口にすると、皐織の顔にふわりと微笑が広がる。

脩はそっと皐織を抱き寄せ、滑らかな額に触れるだけのキスをした。

「さあ、そろそろ起きて支度しろ。おまえの兄貴たちの神経が焼き切れている頃だ。俺はまだ殺されたくないからな。支度ができたら、おまえを送っていく」

「脩、あの……また、ここに来てもいいんだよね？」

「当たり前だ。おまえは俺の番だろ？　だからこの部屋も半分はおまえのものだ」

「うん、そうだね」

皐織は子供のように目を輝かせる。

脩は、自分を魅了してやまない皐織を、いつまでも見つめ続けていた。


──了──

あとがき

こんにちは、秋山みち花です。【狼王と幼妻　脩せんせいの純愛】をお手に取っていただき、ありがとうございます。本書は「目指せ、ケモ耳&もふもふ」の第二弾。【真白のはつ恋子狐、嫁に行く】のスピンオフ作品となっております。主人公が違うので、単独でお読みくださっても大丈夫かと思います。

【真白】は子狐でしたが、今回は狼の脩先生の出番です。お相手はツンクールな美人さんがいいなと、最初は考えておりました。でも時系列としては【真白】より過去の話になることもあって、結果はやっぱり健気で可愛い子になりました。髙星先生に描いていただいた、幼い頃の阜織ちゃん、もう可愛くて可愛くて、自分が生み出したキャラながら、きゃっふぅ、ってなってます。ちなみに真白ちゃんのチビバージョン挿絵もあるんですよ。可愛いの。

というわけで、髙星先生、今回もステキなイラストありがとうございました！

ご苦労をおかけした担当様、編集部の皆様、制作に携わっていただいた方々も、ありがとうございました。いつも応援してくださる読者様、本書が初めてという読者様にも、心より御礼を申し上げます。ありがとうございました。「目指せ、ケモ耳&もふもふ」はもう少し書きたいなとの野望を持っております。次の作品でもお会いできれば嬉しいです。

秋山みち花　拝

✦初出　狼王と幼妻　脩せんせいの純愛……………書き下ろし

秋山みち花先生、高星麻子先生へのお便り、本作品に関するご意見、ご感想などは
〒151-0051 東京都渋谷区千駄ヶ谷 4-9-7
幻冬舎コミックス　ルチル文庫「狼王と幼妻　脩せんせいの純愛」係まで。

幻冬舎ルチル文庫

狼王と幼妻　脩せんせいの純愛

2015年3月20日　　第1刷発行

✦著者　秋山みち花　あきやま みちか

✦発行人　伊藤嘉彦

✦発行元　株式会社 幻冬舎コミックス
〒151-0051 東京都渋谷区千駄ヶ谷 4-9-7
電話 03(5411)6431［編集］

✦発売元　株式会社 幻冬舎
〒151-0051 東京都渋谷区千駄ヶ谷 4-9-7
電話 03(5411)6222［営業］
振替 00120-8-767643

✦印刷・製本所　中央精版印刷株式会社

✦検印廃止

ISBN978-4-344-83410-1　C0193　Printed in Japan